D0665440

La division des chapitres est spécifique
à cette édition.

ISBN: 978-2-211-12452-2

© 1977, l'école des loisirs, Paris
Loi numéro 49 956 du 16 juillet 1949 sur les publications
destinées à la jeunesse : septembre 1977
Dépôt légal : octobre 2018
Imprimé en France par Gibert Clarey Imprimeurs
à Chambray-lès-Tours (37)

Jules Verne

Voyage au centre de la Terre

Abrégé par Bernard Noël
Illustrations d'Édouard Riou

Classiques
Texte abrégé

l'école des loisirs
11, rue de Sèvres, Paris 6ᵉ

CHAPITRE I

Le 24 mai 1863, un dimanche, mon oncle, le professeur Lidenbrock, revint précipitamment vers sa petite maison située au numéro 19 de Königstrasse, l'une des plus anciennes rues du vieux quartier de Hambourg.

La bonne Marthe dut se croire fort en retard, car le dîner commençait à peine à chanter sur le fourneau de la cuisine.

«Bon, me dis-je, s'il a faim, mon oncle, qui est le plus impatient des hommes, va pousser des cris de détresse.»

– Déjà M. Lidenbrock! s'écria la bonne Marthe stupéfaite.

– Oui, Marthe; mais le dîner a le droit de ne point être cuit, car il n'est pas deux heures.

De grands pieds firent craquer l'escalier de bois, et le maître de la maison, traversant la salle à manger, se précipita aussitôt dans son cabinet de travail. Mais, pendant ce rapide passage, il avait jeté dans un coin sa canne à tête de casse-noisettes, sur la table son large chapeau à poils rebroussés, et à son neveu ces paroles retentissantes:

– Axel, suis-moi!

Je n'avais pas eu le temps de bouger que le professeur me criait déjà avec un vif accent d'impatience:

– Eh bien! tu n'es pas encore ici?

Je m'élançai dans le cabinet de mon redoutable maître.

Otto Lidenbrock n'était pas un méchant homme, j'en conviens volontiers; mais, à moins de changements improbables, il mourra dans la peau d'un terrible original. Il était professeur au Johanneum, et faisait un cours de minéralogie pendant lequel il se mettait régulièrement en colère une fois ou deux. Mon oncle ne jouissait pas d'une extrême facilité de prononciation, et, dans ses démonstrations, souvent il s'arrêtait court; il luttait contre un mot récalcitrant qui ne voulait pas glisser entre ses lèvres, un de ces mots qui résistent, se gonflent et finissent par sortir sous la forme peu scientifique d'un juron. De là, grande colère.

Or, il y a en minéralogie bien des dénominations difficiles à prononcer. Je ne veux pas dire du mal de cette science. Loin de moi. Mais lorsqu'on se trouve en présence des cristallisations rhomboédriques, des résines rétinasphaltes, des gélinites, des fangasites, des molybdates de plomb et des titaniates de zircône, il est permis à la langue la plus adroite de fourcher.

Donc, dans la ville, on connaissait cette pardonnable infirmité de mon oncle, et on en abusait, et on l'attendait aux passages dangereux, et il se mettait en fureur, et l'on riait, ce qui n'est pas de bon goût, même pour des Allemands. Et s'il y avait toujours grande affluence d'auditeurs aux cours de Lidenbrock, combien les suivaient assidûment qui venaient surtout pour se dérider aux belles colères du professeur!

Quoi qu'il en soit, mon oncle était un véritable savant. À la cassure, à l'aspect, à la dureté, à la fusibilité, au son, à l'odeur, au goût d'un minéral quelconque, il le classait sans hésiter parmi les six cents espèces que la science compte aujourd'hui.

Voilà donc le personnage qui m'interpellait avec tant d'impatience. Représentez-vous un homme grand, maigre, d'une santé de fer, et d'un blond juvénile qui lui ôtait dix bonnes années de sa cinquantaine. Ses gros yeux roulaient sans cesse derrière des lunettes considérables; son nez, long et mince, ressemblait à une lame affilée; les méchants prétendaient même qu'il était aimanté et qu'il attirait la limaille de fer. Pure calomnie, il n'attirait que le tabac, mais en grande abondance, pour ne point mentir.

Mon oncle ne laissait pas d'être riche pour un professeur allemand. La maison lui appartenait en toute propriété, contenant et contenu. Le contenu, c'était sa filleule Graüben, jeune Virlandaise de dix-sept ans, la bonne Marthe et moi. En ma double qualité de neveu et d'orphelin, je devins son aide-préparateur dans ses expériences. J'avouerai que je mordis avec appétit aux sciences géologiques; j'avais du sang de minéralogiste dans les veines, et je ne m'ennuyais jamais en compagnie de mes précieux cailloux.

En somme, on pouvait vivre heureux dans cette maisonnette de Königstrasse, malgré les impatiences de son propriétaire, car, tout en s'y prenant d'une façon un peu brutale, celui-ci ne m'en aimait pas moins. Mais cet homme-là ne savait pas attendre, et il était plus pressé que nature. Je me précipitai donc dans son cabinet.

Ce cabinet était un véritable musée. Tous les échantillons du règne minéral s'y trouvaient étiquetés avec l'ordre le plus parfait, suivant les trois grandes divisions des minéraux inflammables, métalliques et lithoïdes.

Mais, en entrant dans le cabinet, je ne songeais guère à ces merveilles. Mon oncle était enfoui dans son large fauteuil garni de velours d'Utrecht, et tenait entre les mains un livre qu'il considérait avec la plus profonde admiration.

– Quel livre! Quel livre! s'écriait-il. Eh bien! me dit-il, tu ne vois donc pas? Mais c'est un trésor inestimable que j'ai rencontré ce matin en furetant dans la boutique du juif Hevelius.

– Magnifique! répondis-je avec un enthousiasme de commande. (En effet, à quoi bon ce fracas pour un vieil *in-quarto* dont le dos et les plats semblaient faits d'un veau grossier, un bouquin jaunâtre auquel pendait un signet décoloré?) Et quel est le titre de ce merveilleux volume? demandai-je.

– Cet ouvrage! répondit mon oncle en s'animant, c'est l'*Heims-Kringla* de Snorre Turleson, le fameux auteur islandais du XIIᵉ siècle! C'est la chronique des princes norvégiens qui régnèrent en Islande!

– Vraiment! et les caractères sont-ils beaux?

– Qui te parle de caractères? Mais, ignorant, c'est un manuscrit, et un manuscrit runique!... Les runes étaient des caractères d'écriture usités autrefois en Islande, et, suivant la tradition, ils furent inventés par Odin lui-même! Mais regarde donc, admire donc ces types qui sont sortis de l'imagination d'un dieu!

Un incident vint détourner le cours de la conversation: ce fut l'apparition d'un parchemin crasseux qui

glissa du bouquin et tomba à terre. Mon oncle se précipita sur ce brimborion avec avidité.

    – Qu'est-ce que cela? s'écria-t-il.

Et, en même temps, il déployait soigneusement
sur sa table un morceau de parchemin long de cinq
pouces, large de trois, et sur lequel s'allongeaient, en
lignes transversales, des caractères de grimoire.

En voici le fac-similé exact. Je tiens à faire connaître ces signes bizarres, car ils amenèrent le professeur
Lidenbrock et son neveu à entreprendre la plus
étrange expédition du XIXᵉ siècle :

```
ᛉ.�761�477    ᛏᚼᚼᛏᚾᛏᚱ    ᛉᛏᛉᚱᛁᛒ
ᚼᛁᛏᚼᚼᚤᛖ    ᚾᛁᛏᛏᛁᛏᛖ    ᛁᛁᛏᛒᛉᚱ
ᚱᛏᚼᚁᛏᚤᛁ    ᛁᛏᚼᛁᛏᛏᚼ    ᚼᚾᛒᛒᛉᛉ
ᛏᚤᛏᛁᛁᛏᛁ    ᛁᛁᛁᛏᚱᛏ    ᛉᚼᛁᛁᚼ
ᛁᛏᚾᛁᛁᛉ    .ᛁᚼᚱᛉᛉ    ᛁᛏᛁᛁᛒᚼ
ᚱᛉᛒᛉᚤᛁ    ᛏᛏᚾᛏᚾᚱ    ᛖᛉᛁᛉᛏ
ᛒᛏᛁᛁᛁᛁᚱ    ᛒᚼᛏᛁᛒᛉ    ᚤᛏᛒᛁᛁᛁ
```

    Le professeur considéra cette série de caractères;
puis il dit en relevant ses lunettes :

    – C'est du runique, mais… qu'est-ce que cela peut
signifier? C'est pourtant du vieil islandais !

Et le professeur Lidenbrock devait bien s'y connaître, car il passait pour être un véritable polyglotte.

Il allait, en présence de cette difficulté, se livrer à
toute l'impétuosité de son caractère, et je prévoyais
une scène violente, quand deux heures sonnèrent au
petit cartel de la cheminée.

Aussitôt la bonne Marthe ouvrit la porte en disant :

    – La soupe est servie.

– Au diable la soupe, s'écria mon oncle, et celle qui l'a faite, et ceux qui la mangeront!

Marthe s'enfuit. Je volai sur ses pas, et, sans savoir comment, je me trouvai assis à ma place habituelle dans la salle à manger.

J'attendis quelques instants. Le professeur ne vint pas. C'était la première fois, à ma connaissance, qu'il manquait à la solennité du dîner. Ma foi, en ma qualité de neveu dévoué, je me crus obligé de manger pour lui, en même temps que pour moi.

J'en étais à ma dernière crevette, lorsqu'une voix retentissante m'arracha aux voluptés du dessert. Je ne fis qu'un bond dans le cabinet.

– C'est évidemment du runique, disait le professeur. Mais il y a un secret, et je le découvrirai, sinon… Mets-toi là, ajouta-t-il en m'indiquant la table du poing, et écris. Maintenant, je vais te dicter chaque lettre de notre alphabet qui correspond à l'un de ces caractères islandais. Nous verrons ce que cela donnera. Garde-toi bien de te tromper!

La dictée commença. Je m'appliquai de mon mieux. Chaque lettre fut appelée l'une après l'autre, et forma l'incompréhensible succession de mots suivants :

m.rnlls	*esreuel*	*seecJde*
sgtssmf	*unteief*	*niedrke*
kt,samn	*atrateS*	*Saodrrn*
emtnael	*nuaect*	*rrilSa*
Atvaar	*.nscre*	*ieaabs*
ccdrmi	*eeutul*	*frantu*
dt,iac	*oseibo*	*Kediil*

Quand ce travail fut terminé, mon oncle prit vivement la feuille sur laquelle je venais d'écrire, et il l'examina longtemps avec attention.

– C'est ce que nous appelons un cryptogramme, dans lequel le sens est caché sous des lettres brouillées à dessein, et qui convenablement disposées formeraient une phrase intelligible. Quand je pense qu'il y a là peut-être l'explication ou l'indication d'une grande découverte!

Le professeur prit alors le livre et le parchemin, et les compara tous les deux.

– Ces deux écritures ne sont pas de la même main, dit-il, le cryptogramme est postérieur au livre. L'un des possesseurs de ce livre aura tracé ces caractères mystérieux. Mais qui? N'aurait-il point mis son nom en quelque endroit de ce manuscrit?

Mon oncle releva ses lunettes, prit une forte loupe, et passa soigneusement en revue les premières pages du livre. Au verso de la seconde, il découvrit une sorte de macule, qui faisait à l'œil l'effet d'une tache d'encre. Cependant, en y regardant de près, on distinguait quelques caractères à demi effacés. Sa grosse loupe aidant, mon oncle finit par reconnaître les signes que voici:

ᚤᛆᚼᛘ   ᚻᚤᛚᛐᚺᚼᚼᛐᚷ

– Arne Saknussemm! s'écria-t-il, c'est un nom islandais, celui d'un savant du XVIᵉ siècle, d'un alchimiste célèbre! Pourquoi n'aurait-il pas enfoui sous cet incompréhensible cryptogramme quelque surprenante invention? Cela doit être ainsi. Cela est.

L'imagination du professeur s'enflammait à cette hypothèse.

– J'aurai le secret de ce document, et je ne prendrai ni nourriture ni sommeil avant de l'avoir deviné. Ni toi, non plus, Axel.

«Diable! me dis-je, il est heureux que j'aie dîné pour deux!»

– Et d'abord, fit mon oncle, il faut trouver la langue de ce «chiffre». Cela ne doit pas être difficile. Il y a dans ce document cent trente-deux lettres qui donnent soixante-dix-neuf consonnes contre cinquante-trois voyelles. Or, c'est à peu près suivant cette proportion que sont formés les mots des langues méridionales, tandis que les idiomes du Nord sont infiniment plus riches en consonnes. Il s'agit donc d'une langue du Midi. Mais quelle est cette langue?

C'est là que j'attendais mon savant.

– Ce Saknussemm, reprit-il, était un homme instruit; or, dès qu'il n'écrivait pas dans sa langue maternelle, il devait choisir de préférence la langue courante entre les esprits cultivés du XVIᵉ siècle, je veux dire le latin. Si je me trompe, je pourrai essayer de l'espagnol, du français, de l'italien, du grec, de l'hébreu. Mais les savants du XVIᵉ siècle écrivaient généralement en latin. J'ai donc le droit de dire *a priori*: Ceci est du latin… Oui! du latin, mais du latin brouillé.

«À la bonne heure! pensai-je. Si tu le débrouilles, tu seras fin, mon oncle.»

– Examinons bien, dit-il en reprenant la feuille sur laquelle j'avais écrit. Voilà une série de cent trente-deux lettres qui se présentent sous un désordre apparent. Il y a des mots où les consonnes se rencontrent seules comme le premier *m.rnlls*, d'autres où les voyelles, au contraire, abondent, le cinquième, par exemple, *unteeief*, ou l'avant-dernier, *oseibo*. Or cette disposition n'a évidemment pas été combinée : elle est donnée *mathématiquement* par la raison inconnue qui a présidé à la succession de ces lettres. Il me paraît certain que la phrase primitive a été écrite régulièrement, puis retournée suivant une loi qu'il faut découvrir. Mais quelle est cette loi ? Axel, en as-tu la clé ?

À cette question je ne répondis rien, et pour cause. Mes regards s'étaient arrêtés sur un charmant portrait suspendu au mur, le portrait de Graüben. La pupille de mon oncle se trouvait alors à Altona, chez une de ses parentes, et son absence me rendait fort triste, car, je puis l'avouer maintenant, la jolie Virlandaise et le neveu du professeur s'aimaient. Nous nous étions fiancés à l'insu de mon oncle, trop géologue pour comprendre de pareils sentiments. Graüben était une charmante jeune fille blonde aux yeux bleus ; je l'adorais, et son image, en un instant, m'avait rejeté du monde des réalités dans celui des chimères.

Mon oncle, frappant la table du poing, me ramena violemment à la réalité.

– Voyons, dit-il, la première idée qui doit se présenter à l'esprit pour brouiller les lettres d'une phrase, c'est, il me semble, d'écrire les mots verticalement au lieu de les tracer horizontalement. Il faut voir ce que cela produit. Axel, jette une phrase quelconque sur ce bout de papier ; mais au lieu de disposer les lettres à la suite les unes des autres, mets-les successivement par colonnes verticales, de manière à les grouper en nombre de cinq ou six.

Je compris ce dont il s'agissait, et immédiatement j'écrivis de haut en bas:

J	m	n	e	G	e
e	e	,	t	r	n
t'	b	m	i	a	!
a	i	a	t	ü	
i	e	p	e	b	

— Bon, dit le professeur sans avoir lu. Maintenant, dispose ces mots sur une ligne horizontale.

J'obéis et j'obtins la phrase suivante:

JmneGe ee,trn t'bmia! aiatü iepeb

— Parfait! fit mon oncle en m'arrachant le papier des mains, voilà qui a déjà la physionomie du vieux document. Or, pour lire la phrase que tu viens d'écrire, et que je ne connais pas, il me suffira de prendre successivement la première lettre de chaque mot, puis la seconde, puis la troisième, ainsi de suite.

Et mon oncle, à son grand étonnement, et surtout au mien, lut:

Je t'aime bien, ma petite Graüben!

Oui, sans m'en douter, en amoureux maladroit, j'avais tracé cette phrase compromettante.

– Ah! tu aimes Graüben! reprit mon oncle d'un véritable ton de tuteur.

– Oui… Non… balbutiai-je.

– Ah, tu aimes Graüben! reprit-il machinalement. Eh bien, appliquons mon procédé au document en question!

Mon oncle, retombé dans son absorbante contemplation, oubliait déjà mes imprudentes paroles. La tête du savant ne pouvait comprendre les choses du cœur.

Il toussa fortement, et d'une voix grave, appelant successivement la première lettre, puis la seconde de chaque mot, il me dicta:

mmessunkaSenrA.icefdoK.segnittamurtn
ecertserrette,rotaivsadua,ednesedsadne
lacartniiiluJsiratracSarbmutabiledmek
meretarcsilucoYsleffenSnI

Un violent coup de poing ébranla la table. L'encre jaillit, la plume me sauta des mains.

– Ce n'est pas cela! s'écria mon oncle, cela n'a pas le sens commun!

Puis, traversant le cabinet comme un boulet, descendant l'escalier comme une avalanche, il se précipita dans Königstrasse, et s'enfuit à toutes jambes.

CHAPITRE II

— Il est parti ? s'écria Marthe en accourant au bruit de la porte de la rue.

— Oui, répondis-je, complètement parti !

— Eh bien ! et son dîner ? fit la vieille servante.

— Il ne mangera plus, ni personne dans la maison ! Mon oncle Lidenbrock nous met tous à la diète jusqu'au moment où il aura déchiffré un vieux grimoire qui est absolument indéchiffrable !

— Jésus ! nous n'avons plus qu'à mourir de faim !

La vieille servante, sérieusement alarmée, retourna dans sa cuisine en gémissant.

Quand je fus seul, l'affaire du vieux document ne laissa point de me préoccuper étrangement. Ma tête bouillonnait, et je me sentais pris d'une vague inquiétude. J'avais le pressentiment d'une catastrophe prochaine. Au bout d'une heure, je me laissai aller dans le grand fauteuil d'Utrecht. J'allumai ma pipe à long tuyau courbe. De temps en temps, j'écoutais si quelque pas retentissait dans l'escalier. Mais non.

Machinalement, je pris entre mes doigts la feuille de papier sur laquelle s'allongeait l'incompréhensible série des lettres tracées par moi. Je me répétais :

«Qu'est-ce que cela signifie ?»

Je cherchai à grouper ces lettres de manière à former des mots. Impossible ! Qu'on les réunît par deux,

17

trois, ou cinq, ou six, cela ne donnait absolument rien d'intelligible.

Mon cerveau s'échauffait, mes yeux clignaient sur la feuille de papier ; les cent trente-deux lettres semblaient voltiger autour de moi.

J'étais en proie à une sorte d'hallucination ; j'étouffais ; il me fallait de l'air. Machinalement, je m'éventai avec la feuille de papier, dont le verso et le recto se présentèrent successivement à mes regards.

Quelle fut ma surprise, quand dans l'une de ces voltes rapides, au moment où le verso se tournait vers moi, je crus voir apparaître des mots parfaitement lisibles ; des mots latins, entre autres *craterem* et *terrestre* !

Soudain une lueur se fit dans mon esprit ; ces seuls indices me firent entrevoir la vérité ; j'avais découvert la loi du chiffre. Pour comprendre ce document, il n'était pas même nécessaire de le lire à travers la feuille retournée ! Non. Tel il était, tel il m'avait été dicté, tel il pouvait être épelé couramment. Toutes les ingénieuses combinaisons du professeur se réalisaient. Il avait eu raison pour la disposition des lettres, raison pour la langue du document ! Il s'en était fallu de *rien* qu'il pût lire d'un bout à l'autre cette phrase latine, et ce *rien*, le hasard venait de me le donner !

On comprend si je fus ému ! Je me penchai sur la table ; je posai mon doigt successivement sur chaque lettre, et, sans m'arrêter, sans hésiter un instant, je prononçai à haute voix la phrase tout entière.

Mais quelle terreur m'envahit ! Je restai d'abord comme frappé d'un coup subit. Quoi ! un homme avait eu assez d'audace pour pénétrer !...

– Ah! m'écriai-je, mais non! mais non! mon oncle ne le saura pas! Il ne manquerait plus qu'il vînt à connaître un semblable voyage! Rien ne pourrait l'arrêter! et il m'emmènerait avec lui, et nous n'en reviendrions pas! Jamais! Jamais!

J'étais dans une surexcitation difficile à peindre.

Il y avait un reste de feu dans la cheminée. Je saisis non seulement la feuille de papier, mais le parchemin de Saknussemm; d'une main fébrile j'allais précipiter le tout sur les charbons et anéantir ce dangereux secret, quand la porte du cabinet s'ouvrit. Mon oncle parut.

Je n'eus que le temps de replacer sur la table le malencontreux document.

Le professeur Lidenbrock paraissait profondément absorbé. Il s'assit dans son fauteuil, et, la plume à la main, il commença à établir des formules qui ressemblaient à un calcul algébrique.

Pendant trois longues heures, mon oncle travailla sans parler, sans lever la tête, effaçant, reprenant, raturant, recommençant mille fois.

Cependant le temps s'écoulait; la nuit se fit; les bruits de la rue s'apaisèrent; mon oncle, toujours courbé sur sa tâche, ne vit rien, pas même la bonne Marthe qui entrouvrit la porte, disant:

– Monsieur soupera-t-il ce soir?

Aussi Marthe dut-elle s'en aller sans réponse. Pour moi, après avoir résisté pendant quelque temps, je fus pris d'un invincible sommeil, et je m'endormis sur un bout du canapé, tandis que mon oncle Lidenbrock calculait et raturait toujours.

Quand je me réveillai, le lendemain, l'infatigable piocheur était encore au travail. Ses yeux rouges, son teint blafard, ses cheveux entremêlés sous sa main fiévreuse, ses pommettes empourprées indiquaient assez sa lutte terrible avec l'impossible.

Vraiment, il me fit pitié. Une certaine émotion me gagnait. Le pauvre homme était tellement possédé de son idée, qu'il oubliait de se mettre en colère.

«Non, non, répétai-je, non, je ne parlerai pas! Il voudrait y aller, je le connais; rien ne saurait l'arrêter.»

Ceci résolu, je me croisai les bras, et j'attendis.

Vers midi, la faim m'aiguillonna sérieusement. Cependant je tins bon. Deux heures sonnèrent. Cela devenait ridicule, intolérable même. Je commençai à me dire que j'exagérais l'importance du document; que mon oncle n'y ajouterait pas foi; qu'il verrait là une simple mystification; qu'au pis-aller on le retiendrait malgré lui, s'il voulait tenter l'aventure; qu'enfin il pouvait découvrir lui-même la clé du «chiffre» et que j'en serais alors pour mes frais d'abstinence.

Ces raisons me parurent excellentes, que j'eusse rejetées la veille avec indignation.

– Mon oncle! dis-je. Eh bien, cette clé?

– Quelle clé?

– La clé du document!

Le professeur me regarda par-dessus ses lunettes; il remarqua sans doute quelque chose d'insolite dans ma physionomie, car il me saisit vivement le bras et m'interrogea du regard.

Ses yeux brillèrent d'un vif éclat.

– Oui, cette clé!... le hasard!...

– Que dis-tu? s'écria-t-il avec une indescriptible émotion.

– Tenez, dis-je en lui présentant la feuille de papier sur laquelle j'avais écrit, lisez.

– Mais cela ne signifie rien!

– Rien, en commençant à lire par le commencement, mais par la fin…

Je n'avais pas achevé ma phrase que le professeur poussait un cri. Une révélation venait de se faire dans son esprit. Il était transfiguré.

Il lut le document tout entier, en remontant de la dernière lettre à la première:

In Sneffels Yoculis craterem kem delibat
umbra Scartaris Julii intra calendas descende,
audas viator, et terrestre centrum attinges.
Kod feci. Arne Saknussemm.

Ce qui, de ce mauvais latin, peut être traduit ainsi:

Descends dans le cratère du Yocul
de Sneffels que l'ombre du Scartaris vient
caresser avant les calendes de juillet,
voyageur audacieux, et tu parviendras
au centre de la Terre. Ce que j'ai fait.
Arne Saknussemm.

Mon oncle, à cette lecture, bondit comme s'il eût inopinément touché une bouteille de Leyde. Il était magnifique d'audace, de joie et de conviction.

– Quelle heure est-il donc? demanda-t-il.

— Trois heures.

— Tiens ! mon dîner a passé vite. Je meurs de faim. À table. Puis ensuite…

— Ensuite ?

— Tu feras ma malle.

— Hein ! m'écriai-je.

— Et la tienne ! répondit l'impitoyable professeur en entrant dans la salle à manger.

CHAPITRE III

Je sortis du cabinet de mon oncle comme étourdi, et il n'y avait pas assez d'air dans les rues de Hambourg pour me remettre. Je gagnai donc les bords de l'Elbe.

Étais-je convaincu de ce que je venais d'apprendre ? Devais-je prendre au sérieux sa résolution d'aller au centre du massif terrestre ?

Je flottais entre mille hypothèses contradictoires, sans pouvoir m'accrocher à aucune.

Cependant j'avais suivi les bords de l'Elbe et tourné la ville. Après avoir remonté le port, j'étais arrivé à la route d'Altona. Un pressentiment me conduisait, pressentiment justifié, car j'aperçus bientôt ma petite Graüben qui, de son pied leste, revenait bravement à Hambourg.

En dix pas je fus près d'elle.

– Axel ! fit-elle surprise. Ah ! tu es venu à ma rencontre ! C'est bien, cela, monsieur. (Mais, me regardant, Graüben ne put se méprendre à mon air inquiet, bouleversé.) Qu'as-tu donc ? dit-elle en me tendant la main.

– Ce que j'ai, Graüben ! m'écriai-je.

En deux secondes et en trois phrases ma jolie Virlandaise était au courant de la situation. Pendant quelques instants elle garda le silence. Son cœur palpitait-il à l'égal du mien ? Je l'ignore, mais sa main ne tremblait pas dans la mienne. Nous fîmes une centaine de pas sans parler.

– Axel! me dit-elle enfin. Ce sera là un beau voyage, un voyage digne du neveu d'un savant. Il est bien qu'un homme se soit distingué par quelque grande entreprise!

– Quoi! Graüben, tu ne me détournes pas de tenter une pareille expédition?

– Non, cher Axel, et je vous accompagnerais volontiers, si une pauvre fille ne devait être un embarras pour vous.

– Dis-tu vrai?

– Je dis vrai.

Nous tenant par la main, nous continuâmes notre chemin. J'étais brisé par les émotions de la journée.

«Après tout, pensai-je, les calendes de juillet sont encore loin, et, d'ici là, bien des événements se passeront qui guériront mon oncle de sa manie de voyager sous terre.»

La nuit était venue quand nous arrivâmes à la maison de Königstrasse. Je m'attendais à trouver la demeure tranquille, mon oncle couché suivant son habitude, et la bonne Marthe donnant à la salle à manger le dernier coup de plumeau du soir. Mais j'avais compté sans l'impatience du professeur. Je le trouvai criant, s'agitant au milieu d'une troupe de porteurs qui déchargeaient certaines marchandises dans l'allée; la vieille servante ne savait où donner de la tête.

– Mais viens donc, Axel; hâte-toi donc, malheureux! s'écria mon oncle du plus loin qu'il m'aperçut. Et ta malle qui n'est pas faite, et mes papiers qui ne sont pas en ordre, et mon sac de voyage dont je ne trouve pas la clé, et mes guêtres qui n'arrivent pas!

Je demeurai stupéfait. La voix me manquait. C'est à peine si mes lèvres purent articuler ces mots:

— Nous partons donc?

— Oui, malheureux garçon, qui vas te promener au lieu d'être là!

— Nous partons? répétai-je d'une voix affaiblie.

— Oui, après-demain matin, à la première heure.

Je ne pus en entendre davantage, et je m'enfuis dans ma petite chambre.

Je passai une nuit affreuse. Le lendemain, je m'entendis appeler de bonne heure.

— Mon cher Axel?

Je sortis de ma chambre.

— Axel, me dit Graüben, j'ai longtemps causé avec mon tuteur. C'est un hardi savant, un homme de grand courage, et tu te souviendras que son sang coule dans tes veines. Il m'a raconté ses projets, ses espérances, pourquoi et comment il espère atteindre son but. Il y parviendra, je n'en doute pas. Quelle gloire attend M. Lidenbrock et rejaillira sur son compagnon! Au retour, Axel, tu seras un homme, son égal, libre de parler, libre d'agir, libre enfin de…

La jeune fille, rougissante, n'acheva pas. Ses paroles me ranimaient, Cependant je ne voulais pas croire encore à notre départ. J'entraînai Graüben vers le cabinet du professeur.

— Mon oncle, dis-je, il est donc bien décidé que nous partons?

— Comment! tu en doutes?

— Non, dis-je afin de ne pas le contrarier. Seulement je vous demanderai ce qui nous presse.

— Mais le temps! Crois-tu, ignorant, qu'on se rende si facilement en Islande? De Copenhague à Reykjavik il n'y a qu'un service, le 22 de chaque mois. Si nous attendions au 22 juin, nous arriverions trop tard pour voir l'ombre du Scartaris caresser le cratère du Sneffels! Il faut donc gagner Copenhague au plus vite pour y chercher un moyen de transport. Va faire ta malle!

Il n'y avait pas un mot à répondre. Je remontai dans ma chambre. La dernière courroie de la valise fut bouclée. Je descendis au rez-de-chaussée.

Pendant cette journée, les fournisseurs d'instruments de physique, d'armes, d'appareils électriques, s'étaient multipliés. La bonne Marthe en perdait la tête.

— Est-ce que Monsieur est fou? me dit-elle.

Je fis un signe affirmatif.

— Et il vous emmène avec lui?

Même affirmation.

— Où cela? dit-elle.

J'indiquai du doigt le centre de la terre.

— À la cave? s'écria la vieille servante.

— Non, dis-je enfin, plus bas!

Le soir arriva. Je n'avais plus conscience du temps écoulé.

— À demain matin, dit mon oncle, nous partons à six heures précises.

Pendant la nuit mes terreurs me reprirent.

Je la passai à rêver de gouffres! J'étais en proie au délire. Je tombais au fond d'insondables précipices.

Je me réveillai à cinq heures, brisé de fatigue et d'émotion. Je descendis à la salle à manger. Mon oncle était à table. Il dévorait. Je le regardai avec un sentiment d'horreur. Mais Graüben était là. Je ne dis rien. Je ne pus manger.

À cinq heures et demie, un roulement se fit entendre dans la rue. Une large voiture arrivait pour nous conduire au chemin de fer d'Altona. Elle fut bientôt encombrée des colis de mon oncle.

Ma jolie Virlandaise conservait son calme habituel. Elle embrassa son tuteur, mais elle ne put retenir une larme en effleurant ma joue de ses douces lèvres.

– Graüben! m'écriai-je.

– Va, mon cher Axel, va, me dit-elle, tu quittes ta fiancée, mais tu trouveras ta femme au retour.

Je serrai Graüben dans mes bras, et je pris place dans la voiture. Marthe et la jeune fille, du seuil de la porte, nous adressèrent un dernier adieu. Puis les deux chevaux, excités par le sifflement de leur conducteur, s'élancèrent au galop sur la route d'Altona.

CHAPITRE IV

À six heures et demie, la voiture s'arrêta devant la gare ; les nombreux colis de mon oncle furent déchargés, transportés, pesés, étiquetés, rechargés dans le wagon de bagages, et à sept heures nous étions assis l'un vis-à-vis de l'autre dans le même compartiment. La vapeur siffla, la locomotive se mit en mouvement. Nous étions partis.

Étais-je résigné ? Pas encore. Cependant l'air frais du matin, les détails de la route rapidement renouvelés par la vitesse du train me distrayaient de ma grande préoccupation.

Trois heures après notre départ, le train s'arrêtait à Kiel.

Le steamer l'*Ellenora* ne partait pas avant la nuit. À force de nous promener, de courir et de maugréer, nous atteignîmes dix heures du soir.

À dix heures un quart, les amarres furent larguées, et le steamer fila rapidement sur les sombres eaux du Grand Belt.

À sept heures du matin, nous débarquions à Korsör, petite ville située sur la côte occidentale du Seeland. Là, nous sautions du bateau dans un nouveau chemin de fer.

C'était encore trois heures de voyage avant d'atteindre la capitale du Danemark.

Enfin, à dix heures du matin, nous prenions pied à Copenhague ; les bagages furent conduits avec nous à l'hôtel du Phénix dans Bred-Gale. Le portier indiqua la situation du Muséum des Antiquités du Nord.

Le directeur de ce curieux établissement était un savant, M. le professeur Thomson.

Mon oncle avait pour lui une chaude lettre de recommandation. M. Thomson, en homme serviable, fit un accueil cordial au professeur Lidenbrock et même à son neveu. Dire que notre secret fut gardé vis-à-vis de l'excellent directeur du Muséum, c'est à peine nécessaire. Nous voulions tout bonnement visiter l'Islande en amateurs désintéressés.

M. Thomson se mit entièrement à notre disposition, et nous courûmes les quais afin de chercher un navire en partance.

J'espérais que les moyens de transport manqueraient absolument ; mais il n'en fut rien. Une petite goélette danoise, la *Valkyrie*, devait mettre à la voile le 2 juin pour Reykjavik. Le capitaine, M. Bjarne, se trouvait à bord. Son futur passager, dans sa joie, lui serra les mains à les briser. Ce brave homme fut un peu étonné d'une pareille étreinte. Il trouvait tout simple d'aller en Islande puisque c'était son métier. Mon oncle trouvait cela sublime. Le digne capitaine profita de cet enthousiasme pour nous faire payer double le passage sur son bâtiment. Mais nous n'y regardions pas de si près.

— Soyez à bord mardi, à sept heures du matin, dit M. Bjarne après avoir empoché un nombre respectable de species-dollars.

Nous remerciâmes alors M. Thomson de ses bons soins, et nous revînmes à l'hôtel du Phénix.

– Cela va bien! cela va très bien! répétait mon oncle. Quel heureux hasard d'avoir trouvé ce bâtiment prêt à partir! Maintenant déjeunons, et allons visiter la ville.

Je pris un plaisir d'enfant à parcourir la ville; mon oncle se laissait promener; d'ailleurs il ne vit rien, ni l'insignifiant palais du roi, ni le joli pont du XVIIᵉ siècle qui enjambe le canal devant le Muséum, ni l'admirable édifice renaissance de la Bourse.

Cependant, si mon oncle ne remarqua rien de ces sites enchanteurs, il fut vivement frappé par la vue d'un certain clocher situé dans l'île d'Amak, qui forme le quartier sud-ouest de Copenhague.

Voici pourquoi ce clocher assez élevé avait attiré l'attention du professeur: à partir de la plate-forme, un escalier extérieur circulait autour de la flèche, et ses spirales se déroulaient en plein ciel.

– Montons, dit mon oncle.

– Mais, le vertige? répliquai-je.

– Raison de plus; il faut s'y habituer.

Il fallut obéir. Un gardien nous remit une clé, et l'ascension commença. Mon oncle me précédait d'un pas alerte. Je le suivais non sans terreur, car la tête me tournait avec une déplorable facilité.

Après cent cinquante marches, l'air vint me frapper au visage; nous étions parvenus à la plate-forme. Là commençait l'escalier aérien, gardé par une frêle rampe, et dont les marches, de plus en plus étroites, semblaient monter vers l'infini.

– Je ne pourrai jamais! m'écriai-je.

– Serais-tu poltron, par hasard? Monte! répondit impitoyablement le professeur.

Force fut de le suivre en me cramponnant. Le grand air m'étourdissait; je sentais le clocher osciller sous les rafales; mes jambes se dérobaient; je grimpai bientôt sur les genoux, puis sur le ventre; je fermais les yeux.

Enfin, mon oncle me tirant par le collet, j'arrivai près de la boule.

– Regarde, me dit-il, et regarde bien! Il faut prendre des *leçons d'abîme*!

Il fallut me lever, me tenir droit, regarder. Ma première leçon de vertige dura une heure. Quand il me fut permis de redescendre et de toucher du pied le pavé solide des rues, j'étais courbaturé.

– Nous recommencerons demain, dit mon professeur.

Et en effet, pendant cinq jours, je repris cet exercice vertigineux, et, bon gré mal gré, je fis des progrès sensibles dans l'art des *hautes contemplations*.

Le jour du départ arriva. La veille, le complaisant M. Thomson nous avait apporté des lettres de recommandation pressantes pour le comte Trampe, gouverneur de l'Islande, M. Pictursson, le coadjuteur de l'évêque, et M. Finsen, maire de Reykjavik.

Le 2, à six heures du matin, nos précieux bagages étaient rendus à bord de la *Valkyrie*. Le capitaine nous conduisit à des cabines assez étroites et disposées sous une espèce de rouffle.

Quelques instants plus tard, la goélette, sous sa misaine, sa brigantine, son hunier et son perroquet, appareilla et donna à pleine toile dans le détroit.

Deux jours après, nous avions connaissance des côtes d'Écosse à la hauteur de Peterhead, et la *Valkyrie* se dirigea vers les Féroé en passant entre les Orcades et les Shetland.

La traversée n'offrit aucun incident remarquable. Je supportai assez bien les épreuves de la mer; mon oncle, à son grand dépit, et à sa honte plus grande encore, ne cessa pas d'être malade, et passa tout son temps étendu dans sa cabine.

Le 11, nous relevâmes le cap Portland.

Quarante-huit heures après, en sortant d'une tempête qui força la goélette de fuir à sec de toile, on releva dans l'est la balise de la pointe Skagen, dont les roches dangereuses se prolongent à une grande distance sous les flots. Un pilote islandais vint à bord, et, trois heures plus tard, la *Valkyrie* mouillait devant Reykjavik dans la baie de Faxa.

Mon oncle avait hâte d'abandonner sa prison flottante. Mais avant de quitter le pont de la goélette, il m'entraîna à l'avant, et là, du doigt, il me montra, à la partie septentrionale de la baie, une haute montagne à deux pointes, un double cône couvert de neiges éternelles.

– Le Sneffels! s'écria-t-il, le Sneffels!

Puis, après m'avoir recommandé du geste un silence absolu, il descendit dans le canot qui l'attendait. Je le suivis, et bientôt nous foulions le sol de l'Islande.

Tout d'abord apparut un homme de bonne figure et revêtu d'un costume de général. Ce n'était cependant qu'un simple magistrat, le gouverneur de l'île, M. le baron Trampe en personne. Le professeur remit ses lettres de Copenhague, et il en résulta ceci, que le baron Trampe se mettait entièrement à la disposition du professeur Lidenbrock.

Mon oncle reçut un accueil fort aimable du maire, M. Finsen, non moins militaire par le costume que le gouverneur, mais aussi pacifique par tempérament et par état.

Quant au coadjuteur, M. Pictursson, il faisait actuellement une tournée épiscopale dans le bailliage du Nord. Mais un charmant homme, et dont le concours nous devint fort précieux, ce fut M. Fridriksson, professeur de sciences naturelles à l'école de Reykjavik.

Sur trois chambres dont se composait sa maison, cet excellent homme en mit deux à notre disposition, et bientôt nous y fûmes installés avec nos bagages, dont la quantité étonna un peu les habitants de Reykjavik.

En trois heures, j'eus visité non seulement la ville, mais ses environs. L'aspect général en était singulièrement triste. Pas d'arbres, pas de végétation, pour ainsi dire. Partout les arêtes vives des roches volcaniques. Les huttes des Islandais sont faites de terre et de tourbe, et leurs murs inclinés en dedans. Elles ressemblent à des toits posés sur le sol.

Pendant mon excursion, je rencontrai peu d'habitants. En revenant à la rue commerçante, je vis la plus grande partie de la population occupée à sécher, saler et charger des morues, principal article d'exportation. Les hommes paraissaient robustes, mais lourds, des espèces d'Allemands blonds à l'œil pensif, qui se sentent un peu en dehors de l'humanité, pauvres exilés relégués sur cette terre de glace.

Leur costume consistait en une grossière vareuse de laine noire, connue dans les pays scandinaves sous le nom de *vadmel*, un chapeau à vastes bords, un pantalon à liseré rouge et un morceau de cuir replié en manière de chaussure.

Les femmes, à figure triste et résignée, d'un type assez agréable, étaient vêtues d'un corsage et d'une jupe de *vadmel* sombre : filles, elles portaient sur leurs cheveux tressés en guirlandes un petit bonnet de tricot brun ; mariées, elles entouraient leur tête d'un mouchoir de couleur, surmonté d'un cimier de toile blanche.

Après une bonne promenade, lorsque je rentrai dans la maison de M. Fridriksson, mon oncle s'y trouvait déjà en compagnie de son hôte.

CHAPITRE V

Le dîner était prêt; il fut dévoré avec avidité par le professeur Lidenbrock, dont la diète forcée du bord avait changé l'estomac en un gouffre profond.

La conversation se fit en langue indigène, que mon oncle entremêlait d'allemand et M. Fridriksson de latin, afin que je pusse la comprendre. Elle roula sur des questions scientifiques, mais le professeur Lidenbrock se tint sur la plus excessive réserve, et ses yeux me recommandaient, à chaque phrase, un silence absolu touchant nos projets à venir.

– Monsieur Fridriksson, dit-il, je voudrais savoir si, parmi les ouvrages anciens, vous possédez ceux d'Arne Saknussemm?

– Arne Saknussemm! Vous voulez parler de ce savant du XVIe siècle, à la fois grand naturaliste, grand alchimiste et grand voyageur?

– Précisément. Eh bien, ses ouvrages?

– Ah! ses ouvrages, nous ne les avons pas.

– Quoi! en Islande?

– Ils n'existent ni en Islande ni ailleurs parce que Arne Saknussemm fut persécuté pour cause d'hérésie, et qu'en 1573 ses ouvrages furent brûlés à Copenhague par la main du bourreau.

– Très bien! Parfait! s'écria mon oncle, au grand scandale du professeur de sciences naturelles.

– Hein? fit ce dernier.

– Oui! tout s'explique, tout s'enchaîne, et je comprends pourquoi Saknussemm, mis à l'index et forcé de cacher les découvertes de son génie, a dû enfouir dans un incompréhensible cryptogramme le secret...

– Quel secret? demanda vivement M. Fridriksson.

– Un secret... Non, je faisais une pure supposition.

– Bien, répondit M. Fridriksson, qui eut la bonté de ne pas insister. J'espère que vous ne quitterez pas notre île sans avoir puisé à ses richesses minéralogiques? Que de montagnes, de glaciers, de volcans à étudier, qui sont peu connus! Et tenez, sans aller plus loin, voyez ce mont qui s'élève à l'horizon. C'est le Sneffels.

– Ah! le Sneffels!

– Oui, l'un des volcans les plus curieux et dont on visite rarement le cratère.

– Eh bien! répondit mon oncle, j'ai envie de commencer mes études géologiques par ce Seffel... Fessel... comment dites-vous?

– Sneffels. Je regrette bien que mes occupations ne me permettent pas de m'absenter; je vous aurais accompagné avec plaisir...

– Oh! non, répondit vivement mon oncle; nous ne voulons déranger personne, monsieur Fridriksson.

– Il faudra aller par terre, en suivant la côte.

– Bon. Je verrai à me procurer un guide.

– J'en ai précisément un à vous offrir. C'est un chasseur d'eider, fort habile, et dont vous serez content.

– Et quand pourrai-je le voir?

– Demain, si cela vous plaît.

– Pourquoi pas aujourd'hui?

– C'est qu'il n'arrive que demain.

– À demain donc, répondit mon oncle avec un soupir.

Je dormis d'un profond sommeil. Quand je me réveillai, j'entendis mon oncle parler abondamment dans la salle voisine. Je me levai aussitôt et je me hâtai d'aller le rejoindre.

Il causait en danois avec un homme de haute taille, vigoureusement découplé. Ce grand gaillard devait être d'une force peu commune. Ses yeux, percés dans une tête très grosse et assez naïve, me parurent intelligents. Ils étaient d'un bleu rêveur. De longs cheveux tombaient sur ses athlétiques épaules. Tout en lui révélait un tempérament d'un calme parfait, non pas indolent, mais tranquille. On sentait qu'il ne demandait rien à personne, qu'il travaillait à sa convenance, et que, dans ce monde, sa philosophie ne pouvait être ni étonnée ni troublée. Ce personnage grave, flegmatique et silencieux, se nommait Hans Bjelke. C'était notre futur guide. Ses manières contrastaient singulièrement avec celles de mon oncle.

Cependant ils s'entendirent facilement. Ni l'un ni l'autre ne regardaient au prix; l'un prêt à accepter ce qu'on lui offrait, l'autre prêt à donner ce qui lui serait demandé. Jamais marché ne fut plus facile à conclure.

Or, des conventions il résulta que Hans s'engageait à nous conduire au village de Stapi, situé sur la côte méridionale de la presqu'île du Sneffels, au pied même du volcan. Il fallait compter par terre vingt-deux milles environ, voyage à faire en deux jours, suivant l'opinion de mon oncle. Mais quand il apprit qu'il s'agissait de milles danois de vingt-quatre mille pieds, il dut rabattre de son calcul et compter, vu l'insuffisance des chemins, sur sept ou huit jours de marche.

Quatre chevaux devaient être mis à sa disposition, deux pour nous porter, lui et moi, deux autres destinés à nos bagages. Hans, suivant son habitude, irait à pied. Il connaissait parfaitement cette partie de la côte, et il promit de prendre par le plus court.

Son engagement avec mon oncle n'expirait pas à notre arrivée à Stapi; il demeurait à son service pendant tout le temps nécessaire à ses excursions scientifiques, au prix de trois rixdales par semaine. Seulement, il fut expressément convenu que cette somme serait comptée au guide chaque samedi soir, condition *sine qua non* de son engagement.

Le départ fut fixé au 16 juin.

Quarante-huit heures restaient encore à passer; à mon grand regret, je dus les employer à nos préparatifs; toute notre intelligence fut employée à disposer chaque objet de la façon la plus avantageuse, les instruments d'un côté, les armes de l'autre, les outils dans ce paquet, les vivres dans celui-là. En tout quatre groupes.

Les instruments comprenaient:

1° Un thermomètre centigrade de Eigel, gradué jusqu'à cent cinquante degrés, ce qui me paraissait trop ou pas assez. Trop, si la chaleur ambiante devait monter là, auquel cas nous aurions cuit. Pas assez, s'il s'agissait de mesurer la température des sources ou toute autre matière en fusion.

2° Un manomètre à air comprimé, disposé de manière à indiquer des pressions supérieures à celles de l'atmosphère au niveau de l'océan. En effet, le baromètre ordinaire n'eût pas suffi, la pression atmosphérique devant augmenter proportionnellement à notre descente au-dessous de la surface de la terre.

3° Un chronomètre de Boissonnas jeune de Genève, parfaitement réglé au méridien de Hambourg.

4° Deux boussoles d'inclinaison et de déclinaison.

5° Une lunette de nuit.

6° Deux appareils de Ruhmkorff, qui, au moyen d'un courant électrique, donnaient une lumière très portative, sûre et peu encombrante.

Les armes consistaient en deux carabines de Purdey More & Co, et deux revolvers Colt.

Les outils comprenaient deux pics, deux pioches, une échelle de soie, trois bâtons ferrés, une hache, un marteau, une douzaine de coins et pitons de fer, et de longues cordes à nœuds. Cela ne laissait pas de faire un fort colis, car l'échelle mesurait trois cents pieds de longueur.

Enfin, il y avait des provisions ; le paquet n'était pas gros, mais rassurant, car je savais qu'en viande concentrée et en biscuits secs il contenait pour six mois de vivres. Le genièvre en formait toute la partie liquide, et l'eau manquait totalement ; mais nous avions des gourdes, et mon oncle comptait sur les sources pour les remplir.

Pour compléter la nomenclature exacte de nos articles de voyage, je noterai une pharmacie portative, et mon oncle n'avait eu garde d'oublier la provision de tabac, de poudre de chasse et d'amadou, non plus qu'une ceinture de cuir qu'il portait autour des reins et où se trouvait une suffisante quantité de monnaie d'or, d'argent et de papier. De bonnes chaussures, rendues imperméables par un enduit de goudron et de gomme élastique, se trouvaient au nombre de six paires dans le groupe des outils.

– Ainsi vêtus, chaussés, équipés, il n'y a aucune raison pour ne pas aller loin, me dit mon oncle.

La dernière soirée se passa dans une intime causerie avec M. Fridriksson, pour lequel je me sentais pris d'une envie de sympathie ; puis, à la conversation succéda un sommeil agité, de ma part du moins.

À cinq heures du matin, le hennissement de quatre chevaux qui piaffaient sous ma fenêtre me réveilla. Je m'habillai à la hâte et je descendis dans la rue. Là, Hans achevait de charger nos bagages avec une adresse peu commune. Mon oncle faisait plus de bruit que de besogne, et le guide paraissait se soucier fort peu de ses recommandations.

Tout fut terminé à six heures. M. Fridriksson nous serra les mains. Mon oncle le remercia en islandais de sa bienveillante hospitalité. Quant à moi, j'ébauchai dans mon meilleur latin quelque salut cordial ; puis nous nous mîmes en selle.

Le plaisir de courir à cheval à travers un pays inconnu me rendait de facile composition sur le début de l'entreprise. J'étais tout entier au bonheur de l'excursionniste, fait de désirs et de liberté. Je commençais à prendre mon parti de l'affaire.

CHAPITRE VI

Stapi est une bourgade formée d'une trentaine de huttes, et bâtie en pleine lave sous les rayons du soleil réfléchis par le volcan. Telle était la dernière étape de notre voyage terrestre.

Hans loua les services de trois Islandais pour remplacer les chevaux dans le transport des bagages ; mais, une fois arrivés au fond du cratère, ces indigènes devaient rebrousser chemin et nous abandonner à nous-mêmes. Ce point fut parfaitement arrêté.

À cette occasion, mon oncle dut apprendre au chasseur que son intention était de poursuivre la reconnaissance du volcan jusqu'à ses dernières limites.

Hans se contenta d'incliner la tête. Aller là ou ailleurs, s'enfoncer dans les entrailles de son île ou la parcourir, il n'y voyait aucune différence. Quant à moi, distrait jusqu'alors par les incidents du voyage, j'avais un peu oublié l'avenir, mais maintenant je sentais l'émotion me reprendre de plus belle.

Je passai la nuit suivante en plein cauchemar au milieu d'un volcan, et des profondeurs de la terre.

Le lendemain, 23 juin, Hans nous attendait avec ses compagnons chargés des vivres, des outils et des instruments. Deux bâtons ferrés, deux fusils, deux cartouchières, étaient réservés à mon oncle et à moi. Hans, en homme de précaution, avait ajouté à nos bagages une outre pleine qui, jointe à nos gourdes, nous assurait de l'eau pour huit jours.

Le Sneffels est haut de cinq mille pieds. De notre point de départ, on ne pouvait voir ses deux pics se profiler sur le fond grisâtre du ciel. J'apercevais seulement une énorme calotte de neige abaissée sur le front du géant. Nous marchions en file, précédés du chasseur; celui-ci remontait d'étroits sentiers où deux personnes n'auraient pu aller de front. Toute conversation était donc à peu près impossible.

La route devenait de plus en plus difficile; le sol montait; les éclats de roche s'ébranlaient, et il fallait la plus scrupuleuse attention pour éviter des chutes dangereuses. Trois fatigantes heures de marche nous avaient amenés seulement à la base de la montagne. Là, Hans fit signe de s'arrêter, et un déjeuner sommaire fut partagé entre tous. Les trois Islandais, aussi taciturnes que leur camarade le chasseur, ne prononcèrent pas un seul mot et mangèrent sobrement.

Nous commencions maintenant à gravir les pentes du Sneffels. Les pierres qu'aucun ciment de terre, aucune herbe ne liaient entre elles, s'éboulaient sous nos pieds et allaient se perdre dans la plaine avec la rapidité d'une avalanche. En de certains endroits, les flancs du mont faisaient avec l'horizon un angle de trente-six degrés au moins; il était impossible de les gravir, et ces raidillons pierreux devaient être tournés non sans difficulté. Nous nous prêtions alors un mutuel secours à l'aide de nos bâtons.

Je dois dire que mon oncle se tenait près de moi le plus possible; il ne me perdait pas de vue, et, en mainte occasion, son bras me fournit un solide appui. Pour son compte, il avait sans doute le sentiment inné de l'équilibre, car il ne bronchait pas. Les Islandais, quoique chargés, grimpaient avec une agilité de montagnards.

Heureusement, après une heure de fatigue et de tours de force, une sorte d'escalier se présenta inopinément, qui simplifia notre ascension. Il était formé par l'un de ces torrents de pierres rejetées par les éruptions, et dont le nom islandais est *stinâ*.

La roideur des pentes s'accroissait, mais ces marches de pierre permettaient de les gravir aisément.

À sept heures du soir, nous avions monté les deux mille marches de l'escalier, et nous dominions une extumescence de la montagne, sorte d'assise sur laquelle s'appuyait le cône proprement dit du cratère.

La mer s'étendait à une profondeur de trois mille deux cents pieds. Nous avions dépassé la limite des neiges perpétuelles, assez peu élevée en Islande par suite de l'humidité constante du climat. Il faisait un froid violent. Le vent soufflait avec force. J'étais épuisé.

Cependant, Hans ne jugea pas prudent de passer la nuit sur les flancs du cône. Nous continuâmes notre ascension en zigzag; les quinze cents pieds qui restaient à franchir prirent près de cinq heures. Je n'en pouvais plus; je succombais au froid et à la faim. L'air, un peu raréfié, ne suffisait pas au jeu de mes poumons.

Enfin, à onze heures du soir, en pleine obscurité, le sommet du Sneffels fut atteint, et, avant d'aller m'abriter à l'intérieur du cratèrc, j'eus le temps d'apercevoir le « soleil de minuit » au plus bas de sa carrière, projetant ses pâles rayons sur l'île endormie à mes pieds.

Le souper fut rapidement dévoré et la petite troupe se casa de son mieux. La couche était dure, l'abri peu solide, la situation fort pénible. Cependant, mon sommeil fut particulièrement paisible pendant cette nuit.

Le lendemain, on se réveilla à demi gelé par un air très vif, aux rayons d'un beau soleil. Je quittai ma couche de granit et j'allai jouir du magnifique spectacle qui se développait à mes regards.

Le cratère du Sneffels représentait un cône renversé dont l'orifice pouvait avoir une demi-lieue de diamètre. Sa profondeur, je l'estimais à deux mille pieds environ. Le fond de l'entonnoir ne devait pas mesurer plus de cinq cents pieds de tour, de telle sorte que ses pentes assez douces permettaient d'arriver facilement à sa partie inférieure. Involontairement, je comparais ce cratère à un énorme tromblon évasé, et la comparaison m'épouvantait. « Descendre dans un tromblon, pensai-je, quand il est peut-être chargé et qu'il peut partir au moindre choc, c'est œuvre de fous. »

Mais je n'avais pas à reculer. Hans, d'un air indifférent, reprit la tête de la troupe. Je le suivis sans mot dire. Malgré les difficultés de la descente, la route se fit sans accident. À midi, nous étions arrivés.

Au fond du cratère s'ouvraient trois cheminées. Chacune avait environ cent pieds de diamètre. Elles étaient là, béantes sous nos pas. Je n'eus pas le courage d'y plonger mes regards. Tout à coup mon oncle poussa un cri. Je crus qu'il venait de perdre pied et de tomber. Mais non. Je l'aperçus, debout devant un roc de granit posé au centre du cratère, comme un énorme piédestal fait pour la statue d'un Pluton.

— Axel, Axel! s'écria-t-il. Viens! Viens!

J'accourus. Et, partageant sa stupéfaction, sinon sa joie, je lus sur la face occidentale du bloc, en caractères runiques à demi rongés par le temps, ce nom mille fois maudit :

ᚾᛚᚾᛐ ᛋᚾᚠᚴᚿᛋᛋᛐᛘ

— Arne Saknussemm! s'écria mon oncle. Douteras-tu encore?

Je ne répondis pas, et je revins consterné à mon banc de lave. L'évidence m'écrasait.

Combien de temps demeurai-je ainsi plongé dans mes réflexions, je l'ignore. Tout ce que je sais, c'est qu'en relevant la tête je vis mon oncle et Hans seuls au fond du cratère. Les Islandais avaient été congédiés, et maintenant ils redescendaient les pentes extérieures du Sneffels pour regagner Stapi.

Le lendemain, un ciel gris, nuageux, lourd, s'abaissa sur le sommet du cône. Je ne m'en aperçus pas tant à l'obscurité du gouffre qu'à la colère dont mon oncle fut pris. J'en compris la raison, et un reste d'espoir me revint au cœur. Voici pourquoi.

Des trois routes ouvertes sous nos pas, une seule avait été suivie par Saknussemm. Au dire du savant islandais, on devait la reconnaître à cette particularité, signalée dans le cryptogramme, que l'ombre du Scartaris venait en caresser les bords pendant les derniers jours du mois de juin.

On pouvait en effet considérer ce pic aigu comme le style d'un immense cadran solaire, dont l'ombre à un jour donné marquait le chemin du centre du globe. Or, si le soleil venait à manquer, pas d'ombre. Conséquemment, pas d'indication. Nous étions au 25 juin. Que le ciel demeurât couvert pendant six jours, et il faudrait remettre l'observation à une autre année.

Je renonce à peindre l'impuissante colère du professeur Lidenbrock. La journée se passa, et aucune ombre ne vint s'allonger sur le fond du cratère.

Le 26, rien encore. Une pluie mêlée de neige tomba pendant toute la journée. Mon oncle ne se contenait plus. Il y avait de quoi irriter un homme plus patient, car c'était véritablement échouer au port.

Le lendemain, le ciel fut encore couvert; mais le dimanche, 28 juin, le soleil versa ses rayons à flots dans le cratère. Chaque monticule, chaque roc, chaque pierre, chaque aspérité eut part à sa lumineuse effluve et projeta instantanément son ombre sur le sol. Entre toutes, celle du Scartaris se dessina comme une vive arête et se mit à tourner insensiblement avec l'astre radieux. Mon oncle tournait avec elle.

À midi, dans sa période la plus courte, elle vint lécher doucement le bord de la cheminée centrale.

– C'est là! s'écria le professeur. C'est là! Au centre du globe!

Je regardai Hans.

– *Forüt!* fit tranquillement le guide.

– En avant! répondit mon oncle.

Il était une heure et treize minutes du soir.

CHAPITRE VII

Le véritable voyage commençait.

Je n'avais point encore plongé mon regard dans ce puits insondable où j'allais m'engouffrer. Hans acceptait si tranquillement l'aventure que je rougis à l'idée d'être moins brave que lui, et je m'approchai de la cheminée centrale.

Je me penchai au-dessus d'un roc qui surplombait, et je regardai. Mes cheveux se hérissèrent. Le sentiment du vide s'empara de mon être. J'allais tomber. Une main me retint. Celle de Hans.

Mon oncle déroula une corde de la grosseur du pouce et longue de quatre cents pieds ; il en laissa filer d'abord la moitié, puis il l'enroula autour d'un bloc de lave qui faisait saillie et rejeta l'autre moitié dans la cheminée. Chacun de nous pouvait alors descendre en réunissant dans sa main les deux moitiés de la corde qui ne pouvait se défiler ; une fois descendus de deux cents pieds, rien ne nous serait plus aisé que de la ramener en lâchant un bout et en halant sur l'autre. Puis on recommencerait cet exercice *ad infinitum*.

– Maintenant, dit mon oncle, après avoir achevé ces préparatifs, occupons-nous des bagages ; ils vont être divisés en trois paquets, et chacun de nous en attachera un sur son dos ; j'entends parler seulement des objets fragiles. Hans va se charger des outils et d'une partie des vivres ; toi, Axel, d'un second tiers des vivres et des armes ; moi, du reste des vivres et des instruments délicats.

– Mais, dis-je, et les vêtements, et cette masse de cordes et d'échelles, qui se chargera de les descendre ?

– Ils descendront tout seuls, tu vas le voir.

Mon oncle employait volontiers les grands moyens et sans hésiter. Sur son ordre, Hans réunit en un seul colis les objets non fragiles, et ce paquet, solidement cordé, fut tout bonnement précipité dans le gouffre.

– Bon. À nous maintenant.

Je demande à tout homme de bonne foi s'il était possible d'entendre sans frissonner de telles paroles !

Le professeur attacha sur son dos le paquet des instruments ; Hans prit celui des outils, moi celui des armes. La descente commença dans l'ordre suivant : Hans, mon oncle et moi. Elle se fit dans un profond silence, troublé seulement par la chute des débris de roc qui se précipitaient dans l'abîme.

Je me laissai couler, pour ainsi dire, serrant frénétiquement la double corde d'une main, de l'autre m'arc-boutant au moyen de mon bâton ferré.

Après une demi-heure, nous étions arrivés sur la surface d'un roc fortement engagé dans la paroi de la cheminée. Hans tira la corde par l'un de ses bouts ; l'autre s'éleva en l'air ; après avoir dépassé le rocher supérieur, il retomba en raclant les morceaux de pierre et de lave, sorte de grêle fort dangereuse.

La manœuvre de la corde recommença, et, une demi-heure après, nous avions gagné une nouvelle profondeur de deux cents pieds.

Au bout de trois heures, je n'entrevoyais pas encore le fond de la cheminée. Lorsque je relevais la tête, j'apercevais son orifice qui décroissait sensiblement. Ses parois, par suite de leur légère inclinaison, tendaient à se rapprocher. L'obscurité se faisait peu à peu.

Cependant nous descendions toujours.

Comme j'avais eu soin de noter exactement nos manœuvres de corde, je pus me rendre un compte exact de la profondeur atteinte et du temps écoulé.

Nous avions alors répété quatorze fois cette manœuvre qui durait une demi-heure. C'était donc sept heures, plus quatorze quarts d'heure de repos ou trois heures et demie. En tout, dix heures et demie. Nous étions partis à une heure, il devait être onze heures en ce moment.

Quant à la profondeur à laquelle nous étions parvenus, ces quatorze manœuvres d'une corde de deux cents pieds donnaient deux mille huit cents pieds.

En ce moment, la voix de Hans se fit entendre :

— *Halt !* dit-il.

Je m'arrêtai court au moment où j'allais heurter de mes pieds la tête de mon oncle.

— Nous sommes arrivés, dit celui-ci.

— Où ? demandai-je en me laissant glisser près de lui.

— Au fond de la cheminée perpendiculaire.

— Il n'y a donc pas d'autre issue ?

— Si, une sorte de couloir que j'entrevois et qui oblique vers la droite. Nous verrons cela demain. Soupons d'abord, nous dormirons après.

L'obscurité n'était pas encore complète. On ouvrit le sac aux provisions, on mangea et chacun se coucha de son mieux sur un lit de pierres et de débris de lave.

Et quand, étendu sur le dos, j'ouvris les yeux, j'aperçus un point brillant à l'extrémité de ce tube long de trois mille pieds, qui se transformait en une gigantesque lunette.

C'était une étoile dépouillée de toute scintillation, et qui, d'après mes calculs, devait être β de la Petite Ourse.

Puis je m'endormis d'un profond sommeil.

CHAPITRE VIII

À huit heures du matin, un rayon du jour vint nous réveiller. Les mille facettes de lave des parois le recueillaient à son passage et l'éparpillaient comme une pluie d'étincelles.

Le déjeuner terminé, le professeur s'écria :

– Maintenant, nous allons nous enfoncer véritablement dans les entrailles du globe ! Voici donc le moment précis auquel notre voyage commence.

Cela dit, mon oncle prit d'une main l'appareil de Ruhmkorff suspendu à son cou ; de l'autre, il mit en communication le courant électrique avec le serpentin de la lanterne, et une assez vive lumière dissipa les ténèbres de la galerie.

Hans portait le second appareil, qui fut également mis en activité. Cette ingénieuse application de l'électricité nous permettait d'aller longtemps en créant un jour artificiel, même au milieu des gaz les plus inflammables.

– En route ! fit mon oncle.

Chacun reprit son ballot. Hans se chargea de pousser devant lui le paquet des cordages et des habits, et, moi troisième, nous entrâmes dans la galerie.

Toute la difficulté de la route consistait à ne pas glisser trop rapidement sur une pente inclinée à quarante-cinq degrés environ.

La lave, poreuse en de certains endroits, présentait de petites ampoules arrondies; des cristaux de quartz opaque, ornés de limpides gouttes de verre et suspendus à la voûte comme des lustres, semblaient s'allumer à notre passage. On eût dit que les génies du gouffre illuminaient leur palais pour recevoir les hôtes de la terre.

La boussole, que je consultais fréquemment, indiquait la direction du sud-est avec une imperturbable rigueur. Cette coulée de lave n'obliquait ni d'un côté ni de l'autre. Elle avait l'inflexibilité de la ligne droite.

Cependant la chaleur n'augmentait pas, et plus d'une fois je consultai le thermomètre avec étonnement. Deux heures après notre départ, il ne marquait encore que dix degrés, c'est-à-dire un accroissement de quatre degrés.

Le soir, vers huit heures, le professeur donna le signal d'arrêt. Hans aussitôt s'assit. Les lampes furent accrochées à une saillie de lave. Nous étions dans une sorte de caverne où l'air ne manquait pas. Certains souffles arrivaient jusqu'à nous. Quelle cause les produisait? C'est une question que je ne cherchai pas à résoudre: la faim et la fatigue me rendaient incapable de raisonner. Cependant une chose m'inquiétait; notre réserve d'eau était à demi consommée. Mon oncle comptait la refaire aux sources souterraines, mais jusqu'alors celles-ci manquaient absolument. Je ne pus m'empêcher d'attirer son attention sur ce sujet.

— Cette absence de sources te surprend? dit-il. Sois tranquille, je te réponds que nous trouverons de l'eau.

— Quand cela?

– Quand nous aurons quitté cette enveloppe de lave. Comment veux-tu que des sources jaillissent à travers ces parois?

– Mais peut-être cette coulée se prolonge-t-elle à de grandes profondeurs. Il me semble que nous n'avons pas fait beaucoup de chemin verticalement.

– Qui te fait supposer cela?

– C'est que, si nous étions très avancés dans l'intérieur de l'écorce terrestre, la chaleur serait plus forte.

– Qu'indique le thermomètre?

– Quinze degrés à peine, ce qui ne fait qu'un accroissement de neuf degrés depuis notre départ.

– Eh bien, conclus.

– D'après les observations les plus exactes, dans le voisinage d'un volcan éteint, et à travers le gneiss, on a remarqué que l'élévation de la température était d'un degré seulement pour cent vingt-cinq pieds. Neuf fois cent vingt-cinq pieds donnent onze cent vingt-cinq pieds de profondeur.

– Rien de plus exact.

– Eh bien?

– Eh bien, d'après mes observations, nous sommes arrivés à dix mille pieds au-dessous du niveau de la mer.

– Est-il possible?

– Oui, ou les chiffres ne sont plus les chiffres!

Les calculs du professeur étaient exacts. Nous avions déjà dépassé de six mille pieds les plus grandes profondeurs atteintes par l'homme, telles que les mines de Kitzbühel dans le Tyrol, et celles de Wurttemberg en Bohême.

La température, qui aurait dû être de quatre-vingt-un degrés en cet endroit, était de quinze à peine. Cela donnait singulièrement à réfléchir.

Le lendemain mardi, 30 juin, à six heures, la descente fut reprise.

Nous suivions toujours la galerie de lave, véritable rampe naturelle, douce comme ces plans inclinés qui remplacent encore l'escalier dans les vieilles maisons. Ce fut ainsi jusqu'à midi dix-sept minutes, instant précis où nous rejoignîmes Hans, qui venait de s'arrêter.

Nous étions au centre d'un carrefour, auquel deux routes venaient aboutir, toutes deux sombres et étroites. Laquelle convenait-il de prendre ?

Mon oncle ne voulut paraître hésiter ; il désigna le tunnel de l'est, et bientôt nous y étions enfoncés tous les trois.

La pente de cette nouvelle galerie était peu sensible, et sa section fort inégale.

À six heures du soir, nous avions gagné deux lieues dans le sud, mais à peine un quart de mille en profondeur.

Mon oncle donna le signal du repos. On mangea sans trop causer, et l'on s'endormit sans trop réfléchir.

On se réveilla le lendemain frais et dispos. La route fut reprise. Le tunnel, au lieu de s'enfoncer dans les entrailles du globe, tendait à devenir absolument horizontal. Je crus remarquer même qu'il remontait vers la surface de la terre. Cette disposition devint si fatigante, que je fus forcé de modérer notre marche.

— Eh bien, Axel ? dit impatiemment le professeur.

— Eh bien, je n'en peux plus, répondis-je. Depuis une demi-heure, les pentes se sont modifiées, et à les suivre ainsi, nous reviendrons certainement à la terre d'Islande.

Le professeur remua la tête en homme qui ne veut pas être convaincu.

— Il est possible que je me sois trompé ; mais je ne serai certain de mon erreur qu'au moment où j'aurai atteint l'extrémité de cette galerie.

— Je vous approuverais si nous n'avions à craindre un danger de plus en plus menaçant.

— Et lequel ?

— Le manque d'eau.

— Eh bien ! nous nous rationnerons, Axel.

En effet, il fallut se rationner. Notre provision ne pouvait durer plus de trois jours. C'est ce que je reconnus le soir au moment du souper. Et, fâcheuse expectative, nous avions peu d'espoir de rencontrer quelque source vive.

Pendant toute la journée du lendemain, la galerie déroula devant nos pas ses interminables arceaux. Nous marchions presque sans mot dire. Le mutisme de Hans nous gagnait.

Le vendredi, après une nuit pendant laquelle je commençai à ressentir les tourments de la soif, notre petite troupe s'enfonça de nouveau dans les détours de la galerie.

Après dix heures de marche, je remarquai que la réverbération de nos lampes sur les parois diminuait singulièrement. Le marbre, le schiste, le calcaire, le grès des murailles faisaient place à un revêtement sombre et sans éclat. À un moment où le tunnel devenait fort étroit, je m'appuyai sur la paroi de gauche.

Quand je retirai ma main, elle était entièrement noire. Nous étions en pleine houillère.

– Une mine de charbon! m'écriai-je.

– Une mine sans mineurs, répondit mon oncle. Je suis certain que cette galerie percée à travers ces couches de houille n'a pas été faite de la main des hommes. Mais que ce soit ou non l'ouvrage de la nature, cela m'importe peu. L'heure du souper est venue. Soupons.

Je mangeai à peine, et je bus les quelques gouttes d'eau qui formaient ma ration.

Après leur repas, mes deux compagnons s'étendirent sur leurs couvertures et trouvèrent dans le sommeil un remède à leur fatigue. Pour moi, je ne pus dormir, et je comptai les heures jusqu'au matin.

Le samedi, à six heures, on repartit. Vingt minutes plus tard, nous arrivions à une vaste excavation; je reconnus alors que la main de l'homme ne pouvait pas avoir creusé cette houillère.

Le terrain avait été violemment écarté par une commotion souterraine. Le massif terrestre, cédant à quelque puissante poussée, s'était disloqué, laissant ce large vide où des habitants de la terre pénétraient pour la première fois.

Cette excursion dans la houillère dura jusqu'au soir. Mon oncle contenait à peine l'impatience que lui causait l'horizontalité de la route. Les ténèbres empêchaient d'estimer la longueur de la galerie, et je commençais à la croire interminable, quand soudain, à six heures, un mur se présenta inopinément à nous.

À droite, à gauche, en haut, en bas, il n'y avait aucun passage. Nous étions arrivés au fond d'une impasse.

– Eh bien, tant mieux! s'écria mon oncle, je sais au moins à quoi m'en tenir. Nous ne sommes pas sur la route de Saknussemm, et il ne reste plus qu'à revenir en arrière.

– Oui, dis-je, si nous en avons la force!

– Et pourquoi non?

– Parce que, demain, l'eau manquera tout à fait.

– Et le courage manquera-t-il aussi? dit le professeur en me regardant d'un œil sévère.

Je n'osai lui répondre.

Le lendemain, le départ eut lieu de grand matin. Il fallait se hâter. Nous étions à cinq jours de marche du carrefour.

Je ne m'appesantirai pas sur les souffrances de notre retour. Mon oncle les supporta avec la colère d'un homme qui ne se sent pas le plus fort; Hans avec la résignation de sa nature pacifique; moi, je l'avoue, me plaignant et me désespérant; je ne pouvais avoir de cœur contre cette mauvaise fortune.

Ainsi que je l'avais prévu, l'eau fit tout à fait défaut à la fin du premier jour de marche.

Enfin, le mardi 8 juillet, en nous traînant sur les genoux, sur les mains, nous arrivâmes à demi morts au point de jonction des deux galeries. Là, je demeurai comme une masse inerte, étendu sur le sol de lave. Il était dix heures du matin.

De longs gémissements s'échappaient de mes lèvres tuméfiées. Je tombai dans un profond assoupissement.

Au bout de quelque temps, mon oncle s'approcha de moi et me souleva entre ses bras :

— Pauvre enfant! murmura-t-il.

Je fus touché de ces paroles, n'étant pas habitué aux tendresses du farouche professeur. Ses yeux étaient humides.

Je le vis alors prendre la gourde suspendue à son côté. À ma grande stupéfaction, il l'approcha de mes lèvres :

— Bois, fit-il.

Avais-je bien entendu? Mon oncle était-il fou? Je le regardais d'un air hébété.

— Bois, reprit-il.

Et relevant sa gourde, il la vida tout entière entre mes lèvres.

Une gorgée d'eau vint humecter ma bouche en feu, une seule, mais elle suffit à rappeler en moi la vie qui s'échappait.

Je remerciai mon oncle en joignant les mains.

— Oui, fit-il, une gorgée d'eau! la dernière! Je l'avais précieusement gardée au fond de ma gourde. Je la réservais pour toi.

— Merci! merci! m'écriai-je.

Si peu que ma soif fût apaisée, j'avais cependant retrouvé quelque force.

La descente recommença cette fois par la nouvelle galerie. Hans marchait en avant selon son habitude. Nous n'avions pas fait cent pas que le professeur, promenant sa lampe le long des murailles, s'écriait :

— Voilà les terrains primitifs! Nous sommes dans la bonne voie! Marchons! Marchons!

À travers l'étage des schistes, colorés de belles nuances vertes, serpentaient des filons métalliques de cuivre, de manganèse, avec quelques traces de platine et d'or.

Aux schistes succédèrent les gneiss, d'une structure stratiforme, remarquables par la régularité et le parallélisme de leurs feuillets, puis les micaschistes disposés en grandes lamelles rehaussées à l'œil par les scintillations du mica blanc.

La lumière des appareils, répercutée par les petites facettes de la masse rocheuse, croisait ses jets de feu sous tous les angles, et je m'imaginais voyager à travers un diamant creux, dans lequel les rayons se brisaient en mille éblouissements.

Il était huit heures du soir. L'eau manquait toujours. Je souffrais horriblement. Mon oncle marchait en avant. Il ne voulait pas s'arrêter.

Mes forces m'abandonnèrent. Je poussai un cri et je tombai.

– À moi! je meurs!

Mon oncle revint sur ses pas. Il me considéra en croisant les bras; puis ces paroles sourdes sortirent de ses lèvres :

– Tout est fini!

Un effrayant geste de colère frappa une dernière fois mes regards, et je fermai les yeux.

Lorsque je les rouvris, j'aperçus mes deux compagnons immobiles et roulés dans leur couverture. Dormaient-ils ?

Quelques heures se passèrent. Un silence profond régnait autour de nous, un silence de tombeau.

Cependant, au milieu de mon assoupissement, je crus entendre un bruit, et il me sembla voir l'Islandais qui disparaissait, la lampe à la main.

Hans nous abandonnait-il? Mon oncle dormait. Je voulus crier. Ma voix ne put trouver passage entre mes lèvres desséchées. L'obscurité était devenue profonde, et les derniers bruits venaient de s'éteindre.

CHAPITRE IX

Pendant une heure, les idées les plus absurdes s'enchevêtrèrent dans ma tête. Je crus que j'allais devenir fou!

Mais enfin un bruit de pas se produisit dans les profondeurs : Hans remontait.

Il s'approcha de mon oncle, lui mit la main sur l'épaule et l'éveilla doucement. Mon oncle se leva.

– Qu'est-ce donc? fit-il.

– *Vatten*, répondit le chasseur.

Il faut croire que, sous l'inspiration des violentes douleurs, chacun devient polyglotte. Je compris d'instinct le mot de notre guide.

– De l'eau! de l'eau! m'écriai-je.

Les préparatifs du départ ne furent pas longs. Une heure plus tard nous avions fait mille toises environ et descendu deux mille pieds.

En ce moment, j'entendis distinctement un son inaccoutumé courir dans les flancs de la muraille granitique, une sorte de mugissement sourd, comme un tonnerre éloigné.

– Il n'y a pas à en douter, dit mon oncle. Un fleuve souterrain circule autour de nous!

Nous hâtâmes le pas, surexcités par l'espérance. Ce bruit d'une eau murmurante me rafraîchissait déjà. Le torrent, après s'être longtemps soutenu au-dessus de notre tête, courait maintenant dans la paroi de gauche, mugissant et bondissant. Je passais fréquemment ma main sur le roc, espérant y trouver des traces de suintement ou d'humidité. Mais en vain.

Hans s'arrêta à l'endroit précis où le torrent semblait être le plus rapproché.

Je m'assis près de la muraille, tandis que les eaux couraient à deux pieds de moi avec une violence extrême. Mais un mur de granit nous en séparait encore. Je me laissai aller à un premier moment de désespoir.

Hans me regarda. Il prit la lampe et se dirigea vers la muraille. Il colla son oreille sur la pierre sèche, et la promena lentement en écoutant avec le plus grand soin. Je compris qu'il cherchait le point précis où le torrent se faisait entendre plus bruyamment. Ce point, il le rencontra dans la paroi latérale de gauche, à trois pieds au-dessus du sol.

Je le vis saisir son pic pour attaquer la roche elle-même.

Un pareil moyen, quelque simple qu'il fût, ne me serait pas venu à l'esprit. Et si quelque éboulement allait se produire qui nous écraserait! Et si le torrent, se faisant jour à travers le roc, allait nous envahir!

Ces dangers n'avaient rien de chimérique; mais notre soif était si intense que pour l'apaiser nous eussions creusé au lit même de l'Océan.

Hans se mit à ce travail, que ni mon oncle ni moi nous n'eussions accompli. L'impatience emportant notre main, la roche eût volé en éclats sous ses coups précipités. Le guide, au contraire, calme et modéré, usa peu à peu le rocher par une série de petits coups répétés, creusant une ouverture large de six pouces.

Bientôt le pic s'enfonça de deux pieds dans la muraille de granit. Le travail durait depuis plus d'une heure. Soudain un sifflement se fit entendre. Un jet d'eau s'élança de la muraille et vint se briser sur la paroi opposée.

Hans, à demi renversé par le choc, ne put retenir un cri de douleur. Je le compris lorsque, plongeant mes mains dans le jet liquide, je poussai à mon tour une violente exclamation. La source était bouillante.

— De l'eau à cent degrés! m'écriai-je.

— Eh bien, elle refroidira, répondit mon oncle.

Le couloir s'emplissait de vapeurs, tandis qu'un ruisseau se formait et allait se perdre dans les sinuosités souterraines; bientôt nous y puisions notre première gorgée. Ah! quelle jouissance! C'était de l'eau, et, quoique chaude encore, elle ramenait au cœur la vie prête à s'échapper. Je buvais sans m'arrêter, sans goûter même.

Ce ne fut qu'après une minute de délectation que je m'écriai:

— Mais c'est de l'eau ferrugineuse!

— Excellente pour l'estomac, répliqua mon oncle, et d'une haute minéralisation! Une fameuse ressource que Hans nous a procurée là! Aussi je propose de donner son nom à ce ruisseau salutaire.

Et le nom de *Hans-bach* fut aussitôt adopté.

Hans n'en fut pas plus fier. Après s'être modérément rafraîchi, il s'accota dans un coin avec son calme accoutumé.

– Maintenant, dis-je, il ne faudrait pas laisser perdre cette eau.

– À quoi bon? répondit mon oncle, je soupçonne la source d'être intarissable. Laissons couler cette eau! Elle descendra naturellement et guidera ceux qu'elle rafraîchira en route!

– Voilà qui est bien imaginé! m'écriai-je, et avec ce ruisseau pour compagnon, il n'y a aucune raison pour ne pas réussir dans nos projets.

– Ah! tu y viens, mon garçon? dit le professeur en riant.

– Je fais mieux que d'y venir, j'y suis.

Bientôt chacun de nous, suffisamment restauré et rafraîchi, s'endormit d'un profond sommeil.

Le lendemain, nous avions déjà oublié nos douleurs passées.

On déjeuna et l'on but de cette excellente eau ferrugineuse. Je me sentais tout ragaillardi et décidé à aller loin.

La marche fut reprise à huit heures du matin. Le couloir de granit, se contournant en sinueux détours, présentait des coudes inattendus et affectait l'imbroglio d'un labyrinthe; mais, en somme, sa direction principale était toujours le sud-est. Mon oncle ne cessait de consulter avec le plus grand soin sa boussole, pour se rendre compte du chemin parcouru.

Le ruisseau coulait sans précipitation en murmurant sous nos pieds. Je le comparais à quelque génie familier qui nous guidait à travers la terre, et de la main je caressais la tiède naïade dont les chants accompagnaient nos pas. Ma bonne humeur prenait volontiers une tournure mythologique.

Ce jour-là et le lendemain, on fit beaucoup de chemin horizontal, et relativement peu de chemin vertical. D'après l'estime, nous devions être à trente lieues au sud-est de Reykjavik et à une profondeur de deux lieues et demie.

Sous nos pieds s'ouvrit alors un puits assez effrayant. Mon oncle ne put s'empêcher de battre des mains en calculant la roideur de ses pentes.

– Voilà qui nous mènera loin, s'écria-t-il, et facilement, car les saillies du roc font un véritable escalier!

Les cordes furent disposées par Hans de manière à prévenir tout accident. La descente commença. Je n'ose l'appeler périlleuse, car j'étais déjà familiarisé avec ce genre d'exercice. Nous descendions une sorte de vis tournante qu'on eût crue faite de la main des hommes. De quart d'heure en quart d'heure, il fallait s'arrêter pour prendre un repos nécessaire et rendre à nos jarrets leur élasticité. On s'asseyait alors sur quelque saillie, les jambes pendantes, on causait en mangeant, et l'on se désaltérait au ruisseau.

Il va sans dire que, dans cette faille, le Hans-bach s'était fait cascade.

Le 8, la faille où nous étions prit une inclinaison beaucoup plus douce.

Le chemin devint alors aisé et d'une parfaite monotonie.

Le 15, nous étions à sept lieues sous terre et à cinquante lieues environ du Sneffels. Bien que nous fussions un peu fatigués, nos santés se maintenaient dans un état rassurant, et la pharmacie de voyage était encore intacte.

Mon oncle notait heure par heure les indications de la boussole, du chronomètre, du manomètre et du thermomètre. Lorsqu'il m'apprit que nous étions à une distance horizontale de cinquante lieues, je ne pus retenir une exclamation.

— Qu'as-tu donc? demanda-t-il.

— C'est que, si vos calculs sont exacts, nous ne sommes plus sous l'Islande. Ces cinquante lieues dans le sud-est nous mettent en pleine mer.

— Bah! Axel, rien de plus naturel!

Le professeur pouvait trouver cette situation fort simple; mais la pensée de me promener sous la masse des eaux ne laissa pas de me préoccuper.

— Ainsi, nous voyageons sous l'Atlantique?

— Parfaitement. D'après mes notes, j'estime à seize lieues la profondeur atteinte.

— Seize lieues! Mais c'est l'extrême limite assignée par la science à l'épaisseur de l'écorce terrestre. Et ici, suivant la loi de l'accroissement de la température, une chaleur de quinze cents degrés devrait exister.

— *Devrait*, mon garçon. Tu vois qu'il n'en est rien et que les faits, suivant leur habitude, viennent démentir les théories. Qu'indique le thermomètre?

— Vingt-sept degrés six dixièmes.

— Donc l'accroissement de la température est une erreur.

— Mon oncle, je tiens pour exacts tous vos calculs, mais permettez-moi d'en tirer une conséquence rigoureuse.

– Va, mon garçon, à ton aise.

– Au point où nous sommes, le rayon terrestre est de quinze cent quatre-vingt-trois lieues à peu près ?

– Quinze cent quatre-vingt-trois lieues et un tiers.

– Mettons seize cents lieues en chiffres ronds. Sur un voyage de seize cents lieues, nous en avons fait seize ?

– Comme tu dis.

– En vingt jours environ ?

– En vingt jours.

– Or, seize lieues font le centième du rayon terrestre. À continuer ainsi, nous mettrons donc deux mille jours, ou près de cinq ans et demi à descendre.

– Au diable tes calculs ! répliqua mon oncle avec un mouvement de colère. Qui te dit que ce couloir ne va pas directement à notre but ? D'ailleurs, j'ai pour moi un précédent. Ce que je fais là, un autre l'a fait, et où il a réussi, je réussirai à mon tour.

– Je l'espère ; mais enfin, il m'est bien permis…

– Il t'est permis de te taire, Axel, quand tu voudras déraisonner de la sorte.

Je vis bien que le terrible professeur menaçait de reparaître sous la peau de l'oncle, et je me tins pour averti.

Au XVIᵉ siècle, ni le baromètre ni le manomètre n'étaient inventés ; comment donc Saknussemm avait-il pu déterminer son arrivée au centre du globe ? Mais je gardai cette objection pour moi, et j'attendis les événements.

CHAPITRE X

Il faut l'avouer, les choses jusqu'ici se passaient bien, et j'aurais eu mauvaise grâce à me plaindre. Si la «moyenne» des difficultés ne s'accroissait pas, nous ne pouvions manquer d'atteindre notre but. Et quelle gloire alors! J'en étais arrivé à faire de ces raisonnements à la Lidenbrock. Sérieusement. Cela tenait-il au milieu étrange dans lequel je vivais? Peut-être.

Pendant quelques jours, des pentes plus rapides, quelques-unes même d'une effrayante verticalité, nous engagèrent profondément dans le massif interne. Par certaines journées, on gagnait une lieue et demie à deux lieues vers le centre. Descentes périlleuses, pendant lesquelles l'adresse de Hans et son merveilleux sang-froid nous furent très utiles. Cet impassible Islandais se dévouait avec un incompréhensible sans-façon, et, grâce à lui, plus d'un mauvais pas fut franchi dont nous ne serions pas sortis seuls. Pendant les deux semaines qui suivirent, il ne se produisit aucun incident digne d'être rapporté. Je ne retrouve dans ma mémoire qu'un seul événement d'une extrême gravité.

Le 7 août, nos descentes successives nous avaient amenés à une profondeur de trente lieues, c'est-à-dire qu'il y avait sur notre tête trente lieues de rocs, d'océan, de continents et de villes. Nous devions être alors à deux cents lieues de l'Islande.

Ce jour-là, le tunnel suivait un plan incliné.

Tout à coup, me retournant, je m'aperçus que j'étais seul.

Je revins sur mes pas. J'appelai. Point de réponse.

Je ne pouvais croire à mon isolement. Je voulais bien être égaré, non perdu. Égaré, on se retrouve.

«D'ailleurs, pensai-je, j'ai un fil pour me guider dans ce labyrinthe, mon fidèle ruisseau. Je n'ai qu'à remonter son cours, et je retrouverai forcément les traces de mes compagnons.»

Avant de remonter, je pensai qu'une ablution me ferait quelque bien.

Je me baissai donc pour plonger mon front dans l'eau du Hans-bach!

Je foulais un granit sec et raboteux! Le ruisseau ne coulait plus à mes pieds!

Je ne puis peindre mon désespoir.

Ma situation se résumait en un seul mot: perdu!

Perdu dans ce labyrinthe dont les sinuosités se croisaient en tous sens, je n'avais plus à tenter une fuite impossible. Il fallait mourir de la plus effroyable des morts!

Je me pris à fuir, précipitant mes pas au hasard, descendant, courant, appelant, criant, hurlant, bientôt meurtri aux saillies des rocs, tombant et me relevant ensanglanté. Où me conduisit cette course insensée? Je l'ignorerai toujours.

La pente était assez rapide. Je me laissai glisser.

Bientôt la vitesse de ma descente s'accrut dans une effroyable proportion, et menaçait de ressembler à une chute. Je n'avais plus la force de m'arrêter.

Tout à coup le terrain manqua sous mes pieds. Je me sentis rouler en rebondissant sur les aspérités d'une galerie verticale, un véritable puits. Ma tête porta sur un roc aigu, et je perdis connaissance.

Lorsque je revins à moi, j'étais dans une demi-obscurité, étendu sur d'épaisses couvertures. Mon oncle veillait, épiant sur mon visage un reste d'existence. À mon premier soupir, il me prit la main ; à mon premier regard, il poussa un cri de joie.

– Il vit ! il vit ! s'écria-t-il.

– Oui, répondis-je d'une voix faible.

– Mon enfant, dit mon oncle en me serrant sur sa poitrine, te voilà sauvé !

Je fus vivement touché de l'accent dont furent prononcées ces paroles, et plus encore des soins qui les accompagnèrent.

– Quelle heure, quel jour est-il ?

– Onze heures du soir, c'est aujourd'hui dimanche, 9 août, et je ne te permets plus de m'interroger avant le 10 du présent mois.

En vérité, j'étais bien faible, et mes yeux se fermèrent involontairement. Il me fallait une nuit de repos.

Le lendemain, à mon réveil, je regardai autour de moi. Ma couchette, faite de toutes les couvertures de voyage, se trouvait installée dans une grotte charmante, ornée de magnifiques stalagmites, et dont le sol était recouvert d'un sable fin. Il y régnait une demi-obscurité. Aucune torche, aucune lampe n'était allumée, et cependant certaines clartés inexplicables venaient du dehors en pénétrant par une étroite ouverture de la grotte. J'entendais aussi un murmure vague et indéfini, semblable au gémissement des flots qui se brisent sur une grève, et parfois les sifflements de la brise.

Je me demandai si j'étais bien éveillé, si je rêvais encore, si mon cerveau, fêlé dans ma chute, ne percevait pas des bruits purement imaginaires. Cependant ni mes yeux, ni mes oreilles ne pouvaient se tromper à ce point.

Je me posais ces insolubles questions, quand le professeur entra.

– Bonjour, Axel! fit-il joyeusement. Je gagerais volontiers que tu te portes bien!

– Mais oui, dis-je en me redressant sur les couvertures.

– Cela devait être, car tu as tranquillement dormi, Hans et moi, nous t'avons veillé tour à tour, et nous avons vu ta guérison faire des progrès sensibles. Hans a frotté tes plaies avec je ne sais quel onguent dont les Islandais ont le secret, et elles se sont cicatrisées à merveille.

Tout en parlant, mon oncle apprêtait quelques aliments que je dévorai. Pendant ce temps je l'accablai de questions auxquelles il s'empressa de répondre.

J'appris alors que ma chute providentielle m'avait précisément amené à l'extrémité d'une galerie presque perpendiculaire; comme j'étais arrivé au milieu d'un torrent de pierres, dont la moins grosse eût suffi à m'écraser, il fallait en conclure qu'une partie du massif avait glissé avec moi. Cet effrayant véhicule me transporta ainsi jusque dans les bras de mon oncle, où je tombai sanglant, inanimé.

– Véritablement, me dit-il, il est étonnant que tu ne te sois pas tué mille fois. Mais, pour Dieu! ne nous séparons plus, car nous risquerions de ne jamais nous revoir.

«Ne nous séparons plus!» Le voyage n'était donc pas fini? J'ouvrais de grands yeux étonnés:

– Nous ne sommes pas revenus à la surface du globe?

– Non, certes!

– Alors il faut que je sois fou, car j'aperçois la lumière du jour, j'entends le bruit du vent qui souffle et de la mer qui se brise! Sortons donc! m'écriai-je en me levant brusquement.

– Non, Axel! Le grand air pourrait te faire du mal.

– Le grand air?

– Oui, le vent est assez violent. Une rechute nous mettrait dans l'embarras, et il ne faut pas perdre de temps, car la traversée peut être longue.

– La traversée?

– Oui, repose-toi encore aujourd'hui, et nous nous embarquerons demain.

– Nous embarquer?

Ce dernier mot me fit bondir.

Ma curiosité fut excitée au plus haut point. Mon oncle essaya vainement de me retenir. Quand il vit que mon impatience me ferait plus de mal que la satisfaction de mes désirs, il céda.

Je m'habillai rapidement. Par surcroît de précaution, je m'enveloppai de l'une des couvertures et je sortis de la grotte.

CHAPITRE XI

D'abord je ne vis rien. Mes yeux déshabitués de la lumière se fermèrent brusquement. Lorsque je pus les rouvrir, je demeurai encore plus stupéfait qu'émerveillé.

— La mer! m'écriai-je.

— Oui, répondit mon oncle, la mer Lidenbrock, et aucun navigateur ne me disputera l'honneur de l'avoir découverte et le droit de la nommer de mon nom!

Une vaste nappe d'eau, le commencement d'un lac ou d'un océan, s'étendait au-delà des limites de la vue. Le rivage, largement échancré, offrait aux dernières ondulations des vagues un sable fin, doré, parsemé de ces petits coquillages où vécurent les premiers êtres de la création. Les flots s'y brisaient avec ce murmure sonore particulier aux milieux clos et immenses. Une légère écume s'envolait au souffle d'un vent modéré, et quelques embruns m'arrivaient au visage. Sur cette grève légèrement inclinée venaient mourir les contreforts de rochers énormes qui montaient en s'évasant à une incommensurable hauteur. Quelques-uns, déchirant le rivage de leur arête aiguë, formaient des caps et des promontoires rongés par la dent du ressac.

C'était un océan véritable, avec le contour capricieux des rivages terrestres, mais désert et d'un aspect effroyablement sauvage.

Si mes regards pouvaient se promener au loin sur cette mer, c'est qu'une lumière «spéciale» en éclairait les moindres détails. Non pas la lumière du soleil avec l'irradiation splendide de ses rayons, ni la lueur pâle de l'astre des nuits, qui n'est qu'une réflexion sans chaleur. Non. Le pouvoir éclairant de cette lumière, sa diffusion tremblotante, sa blancheur claire et sèche, le peu d'élévation de sa température, son éclat supérieur en réalité à celui de la lune, accusaient évidemment une origine électrique. C'était comme une aurore boréale, un phénomène cosmique continu, qui remplissait cette caverne capable de contenir un océan.

La voûte suspendue au-dessus de ma tête, le ciel, si l'on veut, semblait fait de grands nuages, vapeurs mobiles et changeantes, qui, par l'effet de la condensation, devaient, à de certains jours, se résoudre en pluies torrentielles. Les nappes électriques produisaient d'étonnants jeux de lumière sur les nuages très élevés. Des ombres vives se dessinaient à leurs volutes inférieures, et souvent, entre deux couches disjointes, un rayon se glissait jusqu'à nous avec une remarquable intensité. L'effet en était triste, souverainement mélancolique. Au lieu d'un firmament brillant d'étoiles, je sentais par-dessus ces nuages une voûte de granit qui m'écrasait de tout son poids.

Nous étions réellement emprisonnés dans une énorme excavation.

L'imprévu de ce spectacle avait rappelé sur mon visage les couleurs de la santé ; j'étais en train de me traiter par l'étonnement et d'opérer ma guérison au moyen de cette nouvelle thérapeutique ; d'ailleurs, la vivacité d'un air très dense me ranimait, en fournissant plus d'oxygène à mes poumons.

On concevra sans peine qu'après un emprisonnement de quarante-sept jours dans une étroite galerie, c'était une jouissance infinie que d'aspirer cette brise chargée d'humides émanations salines.

Nous commençâmes à côtoyer cet océan nouveau. Sur la gauche, des rochers abrupts, grimpés les uns sur les autres, formaient un entassement titanesque d'un prodigieux effet. Sur leurs flancs se déroulaient d'innombrables cascades, qui s'en allaient en nappes limpides et retentissantes.

À cinq cents pas, au détour d'un haut promontoire, une forêt haute, touffue, épaisse, apparut à nos yeux. Elle était faite d'arbres de moyenne grandeur, taillés en parasols réguliers, à contours nets et géométriques.

Je hâtai le pas. Je ne pouvais mettre un nom à ces essences singulières. Quand nous arrivâmes sous leur ombrage, ma surprise ne fut plus que de l'admiration.

En effet, je me trouvais en présence de produits de la terre, mais taillés sur un patron gigantesque. Mon oncle les appela immédiatement de leur nom.

– Ce n'est qu'une forêt de champignons, dit-il.

Et il ne se trompait pas. Il s'agissait de champignons blancs, hauts de trente à quarante pieds, avec une calotte d'un diamètre égal. Ils étaient là par milliers. La lumière ne parvenait pas à percer leur épais ombrage, et une obscurité complète régnait sous ces dômes juxtaposés comme les toits ronds d'une cité africaine.

J'étais un peu fatigué. Après une heure, nous reprîmes le chemin de la grève pour regagner la grotte, et ce fut sous l'empire des plus étranges pensées que je m'endormis d'un profond sommeil.

Le lendemain je me réveillai complètement guéri. Je pensai qu'un bain me serait très salutaire, et j'allai me plonger pendant quelques minutes dans les eaux de cette Méditerranée. Ce nom, à coup sûr, elle le méritait entre tous.

Je revins déjeuner avec un bel appétit. Hans s'entendait à cuisiner notre petit menu. Au dessert, il nous servit quelques tasses de café, et jamais ce délicieux breuvage ne me parut plus agréable à déguster.

— Où sommes-nous ? mon oncle, car je ne vous ai point encore posé cette question à laquelle vos instruments ont dû vous répondre.

— Horizontalement, à trois cent cinquante lieues de l'Islande.

— Et à quelle profondeur sommes-nous ?

— À une profondeur de trente-cinq lieues.

— Maintenant, mon oncle, quels sont vos projets ? Ne comptez-vous pas retourner à la surface du globe ?

— Retourner ! Continuer notre voyage, au contraire. Dès demain nous prendrons la mer.

— Ah ! Et sur quel bâtiment ?

— Ce ne sera pas sur un bâtiment, mon garçon, mais sur un bon et solide radeau. Si tu écoutais, tu pourrais entendre !

— Entendre ?

— Oui, certains coups de marteau qui t'apprendraient que Hans est déjà à l'œuvre. Viens, et tu le verras à l'ouvrage.

Après un quart d'heure de marche, de l'autre côté du promontoire qui formait le petit port naturel, j'aperçus Hans au travail. Quelques pas encore, et je fus près de lui. À ma grande surprise, un radeau à demi terminé s'étendait sur le sable ; il était fait de poutres d'un bois particulier, et un grand nombre de madriers, de courbes, de couples de toute espèce, jonchaient littéralement le sol. Il y avait là de quoi construire une marine entière.

— Mon oncle, m'écriai-je, quel est ce bois ?

— C'est du pin, du sapin, du bouleau, toutes les espèces des conifères du Nord, minéralisées sous l'action des eaux de la mer. C'est ce qu'on appelle du *surtarbrandur* ou bois fossile.

— Mais il doit avoir la dureté de la pierre, et il ne pourra flotter ?

— Il y a de ces bois qui sont devenus de véritables anthracites ; mais d'autres, tels que ceux-ci, n'ont encore subi qu'un commencement de transformation fossile. Regarde plutôt, ajouta mon oncle en jetant à la mer une de ces précieuses épaves.

Le morceau de bois, après avoir disparu, revint à la surface des flots et oscilla au gré de leurs ondulations.

Le lendemain soir, grâce à l'habileté du guide, le radeau était terminé ; il avait dix pieds de long sur cinq de large ; les poutres de *surtarbrandur*, reliées entre elles par de fortes cordes, offraient une surface solide, et, une fois lancée, cette embarcation improvisée flotta tranquillement sur les eaux de la mer Lidenbrock.

CHAPITRE XII

Le 13 août, on se réveilla de bon matin. Il s'agissait d'inaugurer un nouveau genre de locomotion rapide et peu fatigant.

Un mât fait de deux bâtons jumelés, une vergue formée d'un troisième, une voile empruntée à nos couvertures, composaient tout le gréement du radeau. Les cordes ne manquaient pas. Le tout était solide.

À six heures, le professeur donna le signal d'embarquer. Les vivres, les bagages, les instruments, les armes et une notable quantité d'eau douce recueillie dans les rochers, se trouvaient en place.

Hans avait installé un gouvernail qui lui permettait de diriger son appareil flottant. Il se mit à la barre. Je détachai l'amarre. La voile fut orientée, et nous débordâmes rapidement.

Au moment de quitter le petit port, mon oncle, qui tenait à sa nomenclature géographique, voulut lui donner un nom, le mien, entre autres.

— Ma foi, dis-je, j'en ai un autre à vous proposer.

— Lequel?

— Le nom de Graüben. Port-Graüben, cela fera très bien sur la carte.

— Va pour Port-Graüben.

Et voilà comment le souvenir de ma chère Virlandaise se rattacha à notre aventureuse expédition.

La brise soufflait du nord-est. Nous filions vent arrière avec une extrême rapidité. Les couches très denses de l'atmosphère avaient une poussée considérable et agissaient sur la voile comme un puissant ventilateur.

Au bout d'une heure, mon oncle avait pu se rendre compte de notre vitesse.

– Si nous continuons à marcher ainsi, dit-il, nous ferons au moins trente lieues par vingt-quatre heures, et nous ne tarderons pas à reconnaître les rivages opposés.

J'allai prendre place à l'avant du radeau. Devant mes yeux s'étendait une mer immense. De grands nuages promenaient rapidement à sa surface leur ombre grisâtre, qui semblait peser sur cette eau morne. Les rayons argentés de la lumière électrique, réfléchis çà et là par quelque gouttelette, faisaient éclore des points lumineux dans les remous de l'embarcation. Bientôt toute terre fut perdue de vue, tout point de repère disparut, et, sans le sillage écumeux du radeau, j'aurais pu croire qu'il demeurait dans une parfaite immobilité.

Vers midi, des algues immenses vinrent onduler à la surface des flots. Je connaissais la puissance végétative de ces plantes, qui rampent à une profondeur de plus de douze mille pieds au fond des mers et forment souvent des bancs assez considérables pour entraver la marche des navires; mais jamais, je crois, algues ne furent plus gigantesques que celles de la mer Lidenbrock.

Notre radeau longea des fucus longs de trois et quatre mille pieds, immenses serpents qui se développaient hors de la portée de la vue ; je m'amusais à suivre du regard leurs rubans infinis, croyant toujours en atteindre l'extrémité, et pendant des heures entières ma patience était trompée, sinon mon étonnement.

Après le souper, je m'étendis au pied du mât, et je ne tardai pas à m'endormir.

Hans, immobile au gouvernail, laissait courir le radeau, qui, d'ailleurs, poussé vent arrière, ne demandait même pas à être dirigé.

Depuis notre départ de Port-Graüben, le professeur Lidenbrock m'avait chargé de tenir le «journal du bord».

Je me bornerai donc à reproduire ici ces notes quotidiennes, écrites pour ainsi dire sous la dictée des événements, afin de donner un récit plus exact de notre traversée.

Vendredi 14 août. – À midi, Hans prépare un hameçon à l'extrémité d'une corde. Il l'amorce avec un petit morceau de viande et le jette à la mer. Pendant deux heures il ne prend rien. Ces eaux sont donc inhabitées ? Non. Une secousse se produit. Hans tire sa ligne et ramène un poisson qui se débat vigoureusement.

Le professeur regarde attentivement l'animal.

– Ce poisson appartient à une famille éteinte depuis des siècles et dont on retrouve seulement les traces fossiles dans le terrain dévonien. Celui-ci offre une particularité qui, dit-on, se rencontre chez les poissons des eaux souterraines. Il est aveugle ! Non seulement aveugle, mais l'organe de la vue lui manque absolument.

Je regarde. Rien n'est plus vrai. Mais ce peut être un cas particulier. La ligne est donc amorcée de nouveau et rejetée à la mer. Cet océan, à coup sûr, est fort poissonneux, car, en deux heures, nous prenons une grande quantité de poissons. Tous sont dépourvus de l'organe de la vue. Cette pêche inespérée renouvelle avantageusement nos provisions. Ainsi donc, cette mer ne renferme que des espèces fossiles. Peut-être rencontrerons-nous quelques-uns de ces sauriens que la science a su refaire avec un bout d'ossement ou de cartilage?

Mon imagination m'emporte. Je rêve tout éveillé. Je crois voir à la surface des eaux ces énormes chersites, ces tortues antédiluviennes semblables à des îlots flottants. Sur les grèves assombries passent les grands mammifères des premiers jours, le Leptotherium, trouvé dans les cavernes du Brésil, le Mericotherium, venu des régions glacées de la Sibérie. Plus loin, le pachyderme Lophiodon, ce tapir gigantesque, se cache derrière les rocs, prêt à disputer sa proie à l'Anoplotherium, animal étrange, qui tient du rhinocéros, du cheval, de l'hippopotame et du chameau. Plus haut, le Protopithèque, le premier singe apparu à la surface du globe, gravit les cimes ardues. Plus haut encore, le Ptérodactyle, à la main ailée, glisse comme une large chauve-souris sur l'air comprimé. Enfin, dans les dernières couches, des oiseaux immenses, plus grands que l'autruche, déploient leurs vastes ailes et vont donner de la tête contre la paroi de la voûte granitique.

Quel rêve! Où m'emporte-t-il? J'ai tout oublié, et le professeur, et le guide, et le radeau! Une hallucination s'est emparée de mon esprit…

— Qu'as-tu ? dit mon oncle.

Mes yeux tout ouverts se fixent sur lui sans le voir.

— Prends garde, Axel, tu vas tomber à la mer ! Es-tu malade ?

— Non, j'ai eu un moment d'hallucination, mais il est passé.

Samedi 15 août. — La mer conserve sa monotone uniformité. Nulle terre n'est en vue.

Je me souviens que le professeur, avant notre départ, estimait à une trentaine de lieues la longueur de cet océan souterrain. Or, nous avons déjà parcouru un chemin trois fois plus long, et les rivages du sud n'apparaissent pas encore.

Dimanche 16 août. — Rien de nouveau. Même temps. Le vent a une légère tendance à fraîchir.

Vraiment cette mer est infinie ! Elle doit avoir la largeur de la Méditerranée, ou même de l'Atlantique. Pourquoi pas ?

Mon oncle sonde à plusieurs reprises. Il attache un des plus lourds pics à l'extrémité d'une corde qu'il laisse filer de deux cents brasses. Pas de fond. Nous avons beaucoup de peine à ramener notre sonde.

Quand le pic est remonté à bord, Hans me fait remarquer à sa surface des empreintes fortement accusées.

— *Tänder!* dit-il.

Je ne comprends pas. Je me tourne vers mon oncle, qui est entièrement absorbé dans ses réflexions. Je ne me soucie pas de le déranger. L'Islandais, ouvrant et refermant plusieurs fois la bouche, me fait comprendre sa pensée.

— Des dents! dis–je avec stupéfaction en considérant plus attentivement la barre de fer.

Oui! ce sont bien des dents dont l'empreinte s'est incrustée dans le métal! Les mâchoires qu'elles garnissent doivent posséder une force prodigieuse!

Lundi 17 août. — Mes yeux se fixent avec effroi sur la mer. Je crains de voir s'élancer l'un de ces habitants des cavernes sous-marines.

Mardi 18 août. — Une secousse épouvantable me réveille. Le radeau a été soulevé hors des flots avec une indescriptible puissance.

Hans montre du doigt une masse noirâtre qui s'élève et s'abaisse tour à tour. Je m'écrie:

— C'est un marsouin colossal!

— Oui, réplique mon oncle, et voilà maintenant un lézard de mer d'une grosseur peu commune.

— Et plus loin un crocodile monstrueux!

— Une baleine! s'écrie alors le professeur.

Nous restons surpris, épouvantés, en présence de ce troupeau de monstres marins. Ils ont des dimensions surnaturelles, et le moindre d'entre eux briserait le radeau d'un coup de dent.

Impossible de fuir. Ces reptiles s'approchent; ils tournent autour du radeau, ils tracent autour de lui des cercles concentriques. J'ai pris ma carabine. Mais quel effet peut produire une balle sur les écailles dont le corps de ces animaux est recouvert?

Nous sommes muets d'effroi. Les voici qui s'approchent! D'un côté le crocodile, de l'autre le serpent. Le reste du troupeau marin a disparu. Les deux monstres passent à cinquante toises du radeau, se précipitent l'un sur l'autre, et leur fureur les empêche de nous apercevoir. Le combat s'engage à cent toises du radeau. Nous voyons distinctement les deux monstres aux prises.

J'ai devant les yeux deux reptiles des océans primitifs. J'aperçois l'œil sanglant de l'Ichthyosaurus, gros comme la tête d'un homme. On l'a justement nommé la baleine des sauriens, car il en a la rapidité et la taille. Sa mâchoire est énorme, et d'après les naturalistes, elle ne compte pas moins de cent quatre-vingt-deux dents. Le Plesiosaurus, serpent à tronc cylindrique, à queue courte, a les pattes disposées en forme de rame. Son corps est entièrement revêtu d'une carapace, et son cou, flexible comme celui du cygne, se dresse à trente pieds au-dessus des flots.

Ces animaux s'attaquent avec une indescriptible furie. Ils soulèvent des montagnes liquides qui refluent jusqu'au radeau. Vingt fois nous sommes sur le point de chavirer. Des sifflements d'une prodigieuse intensité se font entendre. Les deux bêtes sont enlacées. Je ne puis les distinguer l'une de l'autre!

Une heure, deux heures se passent. La lutte continue avec le même acharnement. Les combattants se rapprochent du radeau et s'en éloignent tour à tour. Nous restons immobiles, prêts à faire feu.

Soudain l'Ichthyosaurus et le Plesiosaurus disparaissent en creusant un véritable maelström. Plusieurs minutes s'écoulent.

Tout à coup une tête énorme s'élance au-dehors, la tête du Plesiosaurus. Le monstre est blessé à mort. Je n'aperçois plus son immense carapace. Seulement son long cou se dresse, s'abat, se relève, se recourbe, cingle les flots comme un fouet gigantesque et se tord comme un ver coupé. L'eau rejaillit à une distance considérable. Elle nous aveugle. Mais bientôt l'agonie du reptile touche à sa fin, ses mouvements diminuent, ses contorsions s'apaisent, et ce long tronçon de serpent s'étend comme une masse inerte sur les flots calmés.

Quant à l'Ichthyosaurus, a-t-il donc regagné sa caverne sous-marine, ou va-t-il reparaître à la surface de la mer?

CHAPITRE XIII

Mercredi 19 août. – Heureusement, le vent, qui souffle avec force, nous a permis de fuir rapidement le théâtre de la lutte.

Le voyage reprend sa monotone uniformité, que je ne tiens pas à rompre au prix des dangers d'hier.

Jeudi 20 août. – Nous marchons avec une vitesse de trois lieues et demie à l'heure.

Vers midi, un bruit très éloigné se fait entendre. C'est un mugissement continu.

Hans se hisse au sommet du mât, mais ne signale aucun écueil. Trois heures se passent.

Maintenant les mugissements se font entendre avec une grande violence.

Vers quatre heures, Hans se lève, se cramponne au mât et monte à son extrémité. De là son regard parcourt l'océan et s'arrête à un point. Sa figure n'exprime aucune surprise, mais son œil est devenu fixe.

— Il a vu quelque chose, dit mon oncle.

Et, saisissant sa lunette, il regarde attentivement pendant une minute, qui me paraît un siècle.

— Que voyez-vous?

— Une gerbe immense qui s'élève au-dessus des flots.

— Encore quelque animal marin?

— Peut-être.

Fuir serait se conformer aux lois de la plus vulgaire prudence. Mais nous ne sommes pas venus ici pour être prudents. On va donc de l'avant. Plus nous approchons, plus la gerbe grandit. Quel monstre peut s'emplir d'une pareille quantité d'eau et l'expulser ainsi sans interruption ?

À huit heures du soir, nous ne sommes pas à deux lieues de lui. Son corps noirâtre, énorme, monstrueux, s'étend dans la mer comme un îlot. Il est immobile et comme endormi.

La terreur me prend. Je ne veux pas aller plus loin !

Tout à coup Hans se lève, et montrant du doigt le point menaçant :

— *Holme !* dit-il.

— Une île ! s'écrie mon oncle en poussant un vaste éclat de rire.

— Mais cette colonne d'eau ?

— *Geyser*, fait Hans.

À mesure que nous approchons, les dimensions de la gerbe liquide deviennent grandioses. L'îlot représente à s'y méprendre un cétacé immense dont la tête domine les flots. Le geyser, mot que les Islandais prononcent «geysir» et qui signifie «fureur», s'élève majestueusement à son extrémité. De sourdes détonations éclatent par instants, et l'énorme jet, pris de colères plus violentes, secoue son panache de vapeurs en bondissant jusqu'à la première couche de nuages. Les rayons de la lumière électrique viennent se mêler à cette gerbe éblouissante, dont chaque goutte se nuance de toutes les couleurs du prisme.

Hans nous amène à l'extrémité de l'îlot.

Je saute sur le roc. Mon oncle me suit lestement, tandis que le chasseur demeure à son poste, comme un homme au-dessus de ces étonnements.

Le sol frissonne sous nos pieds comme les flancs d'une chaudière où se tord de la vapeur surchauffée ; il est brûlant.

Pour une raison qui m'échappe, ce voyage s'accomplit dans des conditions particulières de température ; mais il me paraît évident que nous arriverons un jour ou l'autre à ces régions où la chaleur centrale atteint les plus hautes limites et dépasse toutes les graduations des thermomètres.

Nous verrons bien. C'est le mot du professeur, qui, après avoir baptisé cet îlot volcanique du nom de son neveu, donne le signal de l'embarquement.

Vendredi 21 août. – Le magnifique geyser a disparu. Le vent a fraîchi et nous a rapidement éloignés de l'îlot Axel.

L'atmosphère se charge de vapeurs ; les nuages s'abaissent sensiblement et prennent une teinte olivâtre ; les rayons électriques peuvent à peine percer cet opaque rideau baissé sur le théâtre où va se jouer le drame des tempêtes.

Je me sens particulièrement impressionné, comme l'est sur terre toute créature à l'approche d'un cataclysme. L'air est lourd, la mer est calme.

Sur le mât, où je vois déjà poindre un léger feu de Saint-Elme, la voile détendue tombe en plis lourds. Le radeau est immobile au milieu d'une mer épaisse, sans ondulations. À quoi bon conserver cette toile, qui peut nous mettre en perdition au premier choc de la tempête?

– Amenons-la, dis-je, abattons notre mât! Cela sera prudent!

– Non, par le diable! s'écrie mon oncle, cent fois non! Que l'orage nous emporte! mais que j'aperçoive enfin les rochers d'un rivage, quand notre radeau devrait s'y briser en mille pièces!

Ces paroles ne sont pas achevées que l'horizon du sud change subitement d'aspect. L'air se fait ouragan. L'obscurité redouble. Le radeau se soulève, il bondit.

La voile se tend comme une bulle prête à crever. Le radeau file avec un emportement que je ne puis estimer.

Cependant, la pluie forme une cataracte mugissante devant cet horizon vers lequel nous courons en insensés. Aux éclats du tonnerre se mêlent les jets étincelants de la foudre; les grêlons qui frappent le métal de nos outils ou de nos armes se font lumineux.

Mes yeux sont éblouis par l'intensité de la lumière, mes oreilles brisées par le fracas de la foudre! Il faut me retenir au mât, qui plie comme un roseau sous la violence de l'ouragan!!!

....

Dimanche 23 août. – La nuit a été épouvantable. L'orage ne se calme pas. Nous vivons dans une détonation incessante. Nos oreilles saignent. On ne peut échanger une parole.

Où allons-nous?... Mon oncle est couché tout de son long à l'extrémité du radeau.

Lundi 24 août. – Cela ne finira pas!

À midi la violence de l'ouragan redouble. Il faut saisir solidement tous les objets composant la cargaison. Chacun de nous s'attache également. Les flots passent par-dessus notre tête.

Impossible de s'adresser une seule parole. Nous ouvrons la bouche, nous remuons nos lèvres; il ne se produit aucun son. Même en se parlant à l'oreille on ne peut s'entendre.

Un disque de feu apparaît au bord du radeau. Le mât et la voile sont partis tout d'un bloc, et je les ai vus s'enlever à une prodigieuse hauteur.

Nous sommes glacés d'effroi. La boule mi-partie blanche, mi-partie azurée, de la grosseur d'une bombe de dix pouces, se promène lentement, en tournant avec une surprenante vitesse. Elle vient ici, là, monte sur un des bâtis du radeau, saute sur le sac aux provisions, redescend légèrement, bondit, effleure la caisse à poudre. Horreur! Nous allons sauter! Non. Le disque éblouissant s'écarte; il s'approche de Hans, qui le regarde fixement; de mon oncle, qui se précipite à genoux pour l'éviter; de moi, pâle et frissonnant sous l'éclat de la lumière et de la chaleur; il pirouette près de mon pied, que j'essaie de retirer. Je ne puis y parvenir.

Une odeur de gaz nitreux remplit l'atmosphère.

Pourquoi ne puis-je retirer mon pied? Il est donc rivé au radeau! Ah! la chute de ce globe électrique a aimanté tout le fer du bord; les instruments, les outils, les armes s'agitent en se heurtant avec un cliquetis aigu; les clous de ma chaussure adhèrent violemment à une plaque de fer incrustée dans le bois. Je ne puis retirer mon pied !

Enfin, par un effort violent, je l'arrache au moment où la boule allait le saisir dans son mouvement giratoire et m'entraîner moi-même, si...

Le globe éclate ! Nous sommes couverts par des jets de flamme !

Puis tout s'éteint.

Où allons-nous ? Où allons-nous ?

....

Mardi 25 août. − Je sors d'un évanouissement prolongé. L'orage continue ; les éclairs se déchaînent.

....

Un bruit nouveau se fait entendre ! La mer qui se brise sur des rochers !... Mais alors...

....

CHAPITRE XIV

Ici se termine ce que j'ai appelé le «journal du bord», heureusement sauvé du naufrage. Je reprends mon récit comme devant.

Ce qui se passa au choc du radeau contre les écueils de la côte, je ne saurais le dire. Je me sentis précipité dans les flots, et si j'échappai à la mort, si mon corps ne fut pas déchiré sur les rocs aigus, c'est que le bras vigoureux de Hans me retira de l'abîme.

Le courageux Islandais me transporta hors de la portée des vagues sur un sable brûlant où je me trouvai côte à côte avec mon oncle.

Puis, il revint vers ces rochers auxquels se heurtaient les lames furieuses, afin de sauver quelques épaves du naufrage. J'étais brisé d'émotions et de fatigue; il me fallut une grande heure pour me remettre.

Hans prépara des aliments auxquels je ne pus toucher, et chacun de nous, épuisé par les veilles de trois nuits, tomba dans un douloureux sommeil.

Le lendemain, le temps était magnifique. Toute trace de tempête avait disparu. Ce furent les paroles joyeuses du professeur qui saluèrent mon réveil. Il était d'une gaieté terrible.

— Vous me paraissez bien gai, ce matin, mon oncle?

— Enchanté, mon garçon! enchanté! Nous sommes arrivés!

– Au terme de notre expédition ?

– Non, mais au bout de cette mer qui n'en finissait pas. Nous allons reprendre maintenant la voie de terre et nous enfoncer véritablement dans les entrailles du globe.

– Mais les provisions ?

– Hans est un garçon habile, et je suis sûr qu'il a sauvé la plus grande partie de la cargaison. Allons nous en assurer, d'ailleurs.

Il me semblait impossible que le terrible abordage du radeau n'eût pas anéanti tout ce qu'il portait. Je me trompais. J'aperçus Hans au milieu d'une foule d'objets rangés avec ordre. Cet homme, d'un dévouement surhumain, avait travaillé pendant que nous dormions et sauvé les objets les plus précieux au péril de sa vie.

Ce n'est pas que nous n'eussions fait des pertes assez sensibles, nos armes, par exemple ; mais enfin on pouvait s'en passer. La provision de poudre était demeurée intacte, après avoir failli sauter pendant la tempête.

– Eh bien, s'écria le professeur, puisque les fusils manquent, nous en serons quittes pour ne pas chasser !

– Bon ; mais les instruments ?

– Voici le manomètre, le plus utile de tous ! Avec lui, je puis calculer la profondeur et savoir quand nous aurons atteint le centre.

– Mais la boussole ? demandai-je.

– La voici, sur ce rocher, en parfait état, ainsi que le chronomètre et les thermomètres.

– Et les provisions ? dis-je.

Les caisses qui les contenaient étaient alignées sur la grève dans un parfait état de conservation, et, somme toute, en biscuits, viande salée, genièvre et poissons secs, on pouvait compter encore sur quatre mois de vivres.

— Maintenant, dit le professeur, nous allons refaire notre provision d'eau avec la pluie que l'orage a versée dans tous ces bassins de granit. Quant au radeau, je vais recommander à Hans de le réparer de son mieux, quoiqu'il ne doive plus servir, j'imagine !

— Comment cela ? m'écriai-je.

— Une idée à moi, mon garçon. Je crois que nous ne sortirons pas par où nous sommes entrés. Allons déjeuner.

De la viande sèche, du biscuit et du thé composèrent un repas excellent. Le besoin, le grand air, le calme après les agitations, tout contribuait à me mettre en appétit. Pendant le déjeuner, je posai à mon oncle la question de savoir où nous étions en ce moment.

— Cela, dis-je, me paraît difficile à calculer. À l'îlot Axel, nous avions franchi environ deux cent soixante-dix lieues de mer et nous nous trouvions à plus de six cents lieues de l'Islande.

— Bien ! partons de ce point alors, et comptons quatre jours d'orage pendant lesquels notre vitesse n'a pas dû être inférieure à quatre-vingts lieues par vingt-quatre heures.

— Ce serait donc trois cents lieues à ajouter.

— Oui, et la mer Lidenbrock aurait à peu près six cents lieues d'un rivage à l'autre ! Sais-tu bien, Axel, qu'elle peut lutter de grandeur avec la Méditerranée ?

— Oui, surtout si nous ne l'avons traversée que dans sa largeur ! Et, chose curieuse, ajoutai-je, si nos

calculs sont exacts, nous avons maintenant cette
Méditerranée sur notre tête, car nous sommes à neuf
cents lieues de Reykjavik!

– Bon, il est facile de s'en assurer en consultant la
boussole.

Le professeur se dirigea vers le rocher sur lequel
Hans avait déposé les instruments. Il était gai, allègre.

Arrivé au rocher, mon oncle prit le compas, le posa
horizontalement et observa l'aiguille. Il se frotta les
yeux et regarda de nouveau. Enfin il se retourna de
mon côté, stupéfait.

– Qu'y a-t-il? demandai-je.

Il me fit signe d'examiner l'instrument. Une
exclamation de surprise m'échappa. La fleur de
l'aiguille marquait le nord là où nous supposions le
midi! Elle se tournait vers la grève au lieu de montrer
la pleine mer!

Je remuai la boussole, je l'examinai; elle était en
parfait état. Ainsi donc, il ne fallait plus en douter,
pendant la tempête, une saute de vent s'était produite
dont nous ne nous étions pas aperçus, et avait ramené
le radeau vers les rivages que mon oncle croyait laisser derrière lui.

Jamais je ne vis homme si décontenancé d'abord, si
irrité ensuite. Les fatigues de la traversée, les dangers
courus, tout était à recommencer! Nous avions reculé
au lieu de marcher en avant!

Mais mon oncle reprit rapidement le dessus.

– Au radeau! s'écria-t-il.

J'eus beau faire, supplier, m'emporter, je me heur-
tai à une volonté plus dure que le granit.

Hans achevait en ce moment de réparer le radeau. On eût dit que cet être bizarre devinait les projets de mon oncle. Avec quelques morceaux de *surtarbrandur* il avait consolidé l'embarcation. Une voile s'y élevait déjà et le vent jouait dans ses plis flottants.

Que pouvais-je faire? Résister seul contre deux? Impossible. J'allai donc prendre sur le radeau ma place accoutumée, quand mon oncle m'arrêta de la main.

– Nous ne partirons que demain, dit-il. Je ne dois rien négliger, et puisque la fatalité m'a poussé sur cette partie de la côte, je ne la quitterai pas sans l'avoir reconnue.

– Allons à la découverte! dis-je.

Et, laissant Hans à ses occupations, nous voilà partis. L'espace compris entre les relais de la mer et le pied des contreforts était fort large. On pouvait marcher une demi-heure avant d'arriver à la paroi de rochers. Nos pieds écrasaient d'innombrables coquillages de toutes formes et de toutes grandeurs. J'apercevais aussi d'énormes carapaces dont le diamètre dépassait souvent quinze pieds.

Pendant un mille, nous avions côtoyé les rivages de la mer Lidenbrock, quand le sol changea subitement d'aspect.

Nous avancions difficilement sur des cassures de granit, mélangées de silex, de quartz et de dépôts alluvionnaires, lorsqu'une plaine d'ossements apparut à nos regards. On eût dit un cimetière immense, où les générations de vingt siècles confondaient leur éternelle poussière. Là s'accumulait toute l'histoire de la vie animale.

L'existence de mille Cuvier n'aurait pas suffi à recomposer les squelettes des êtres organiques couchés dans ce magnifique ossuaire.

J'étais stupéfait. Mon oncle avait levé ses grands bras. Toute sa posture dénotait un étonnement sans bornes. Il se trouvait devant une inappréciable collection de Leptotherium, de Mericotherium, de Lophodions, d'Anoplotherium, de Megatherium, de Mastodontes, de Protopithèques, de Ptérodactyles.

Mais ce fut un bien autre émerveillement, quand, courant à travers cette poussière volcanique, il saisit un crâne dénudé, et s'écria d'une voix frémissante :

– Axel! Axel! Une tête humaine!

Un fait d'une haute importance en paléontologie s'était produit quelque temps avant notre départ.

Le 28 mars 1863, des terrassiers fouillant les carrières de Moulin-Quignon, près Abbeville, trouvèrent une mâchoire humaine à quatorze pieds au-dessous de la superficie du sol.

Le bruit de cette découverte fut grand, non seulement en France, mais en Angleterre et en Allemagne.

L'authenticité d'un fossile humain de l'époque quaternaire semblait incontestablement démontrée et admise.

Ainsi, d'un bond, l'homme remontait l'échelle des temps d'un grand nombre de siècles.

On comprendra donc les stupéfactions et les joies de mon oncle, surtout quand, vingt pas plus loin, il se trouva en présence, on peut dire face à face, avec un des spécimens de l'homme quaternaire.

C'était un corps humain absolument reconnaissable. Un sol d'une nature particulière l'avait-il ainsi conservé pendant des siècles ? Je ne saurais le dire. Mais ce cadavre, la peau tendue et parcheminée, les membres encore moelleux – à la vue du moins –, les dents intactes, la chevelure abondante, les ongles des mains et des orteils d'une grandeur effrayante, se montrait à nos yeux tel qu'il avait vécu.

J'étais muet devant cette apparition d'un autre âge. Mon oncle, si loquace, si impétueusement discoureur d'habitude, se taisait aussi. Nous avions soulevé ce corps. Nous l'avions redressé. Il nous regardait avec ses orbites caves. Nous palpions son torse sonore.

Ce corps fossilisé n'était pas le seul de l'immense ossuaire. D'autres corps se rencontraient à chaque pas.

En vérité, c'était un étonnant spectacle que celui de ces générations d'hommes et d'animaux confondus dans ce cimetière. Mais une question grave se présentait que nous n'osions résoudre. Ces êtres animés avaient-ils glissé par une convulsion du sol vers les rivages de la mer Lidenbrock, alors qu'ils étaient déjà réduits en poussière ? Ou plutôt vécurent-ils ici, dans ce monde souterrain, sous ce ciel factice, naissant et mourant comme les habitants de la terre ? Jusqu'ici, les monstres marins, les poissons seuls, nous étaient apparus vivants ! Quelque homme de l'abîme errait-il encore sur ces grèves désertes ?

CHAPITRE XV

Pendant une demi-heure encore, nos pieds foulèrent ces couches d'ossements. Nous allions en avant, poussés par une ardente curiosité.

Les rivages de la mer avaient depuis longtemps disparu derrière les collines de l'ossuaire. Nous avancions silencieusement, baignés dans les ondes électriques. Par un phénomène que je ne puis expliquer, la lumière éclairait uniformément les diverses faces des objets. Son foyer n'existait plus en un point déterminé de l'espace et elle ne produisait aucun effet d'ombre.

Après une marche d'un mille, apparut la lisière d'une forêt immense.

C'était la végétation de l'époque tertiaire dans toute sa magnificence. De grands palmiers, d'espèces aujourd'hui disparues, de superbes palmacites, des pins, des ifs, des cyprès, des thuyas représentaient la famille des conifères, et se reliaient entre eux par un réseau de lianes inextricables. Quelques ruisseaux murmuraient sous ces ombrages, peu dignes de ce nom, puisqu'ils ne produisaient pas d'ombre. Sur leurs bords croissaient des fougères arborescentes semblables à celles des serres chaudes du globe habité. Seulement, la couleur manquait à ces arbres, à ces arbustes, à ces plantes, privés de la vivifiante chaleur du soleil. Tout se confondait dans une teinte uniforme, brunâtre et comme passée. Les feuilles étaient dépourvues de leur verdeur, et les fleurs elles-mêmes semblaient faites d'un papier décoloré.

Mon oncle s'aventura sous ces gigantesques taillis. Je le suivis, non sans une certaine appréhension. J'apercevais dans ces larges clairières que laissaient les arbres abattus et rongés par le temps, des légumineuses et mille arbrisseaux comestibles, chers aux ruminants de toutes les périodes. Soudain, je m'arrêtai. De la main, je retins mon oncle.

J'avais cru voir… Non! réellement, de mes yeux, je voyais des formes immenses s'agiter sous les arbres! C'étaient des animaux gigantesques, tout un troupeau de Mastodontes, non plus fossiles, mais vivants! J'apercevais ces grands éléphants dont les trompes grouillaient sous les arbres comme une légion de serpents. J'entendais le bruit de leurs longues défenses dont l'ivoire taraudait les vieux troncs. Les branches craquaient, et les feuilles arrachées par masses considérables s'engouffraient dans la vaste gueule de ces monstres.

Mon oncle regardait.

— Allons, dit-il tout à coup en me saisissant le bras, en avant, en avant!

— Non! m'écriai-je, non! Nous sommes sans armes! Venez! Nulle créature humaine ne peut braver impunément la colère de ces monstres.

— Nulle créature humaine! Tu te trompes, Axel! Regarde, regarde, là-bas! Il me semble que j'aperçois un être vivant! un être semblable à nous! un homme!

Je regardai, haussant les épaules, et décidé à pousser l'incrédulité jusqu'à ses dernières limites. Mais il fallut bien me rendre à l'évidence.

En effet, à moins d'un quart de mille, appuyé au tronc d'un kauri énorme, un être humain gardait cet innombrable troupeau de Mastodontes! Ce n'était plus l'être fossile dont nous avions relevé le cadavre dans l'ossuaire, c'était un géant capable de commander à ces monstres. Sa taille dépassait douze pieds. Sa tête, grosse comme la tête d'un buffle, disparaissait dans les broussailles d'une chevelure inculte. On eût dit une véritable crinière. Il brandissait une branche énorme, digne houlette de ce berger antédiluvien.

Nous pouvions être aperçus. Il fallait fuir.

Un quart d'heure plus tard, nous étions hors de la vue de ce redoutable ennemi. Nous avions quitté la forêt claire et lumineuse, muets d'étonnement. Nous courions malgré nous. C'était une vraie fuite, semblable à ces entraînements effroyables que l'on subit dans certains cauchemars. Instinctivement, nous revenions vers la mer Lidenbrock.

Bien que je fusse certain de fouler un sol entièrement vierge de nos pas, j'apercevais souvent des agrégations de rochers dont la forme rappelait ceux de Port-Graüben. Cela confirmait, d'ailleurs, l'indication de la boussole et notre retour involontaire au nord de la mer Lidenbrock. C'était parfois à s'y méprendre.

— Tous ces rochers se ressemblent. Je crois pourtant reconnaître le promontoire au pied duquel Hans a construit l'embarcation. Nous devons être près du petit port, ajoutai-je en examinant une crique que je crus reconnaître.

— Mais non, Axel, nous retrouverions au moins nos propres traces, et je ne vois rien…

– Mais je vois, moi! m'écriai-je en m'élançant vers un objet qui brillait sur le sable.

Et je montrai à mon oncle un poignard couvert de rouille, que je venais de ramasser.

– Calme-toi, Axel. Ce poignard est une arme du XVIe siècle, une véritable dague, de celles que les gentilshommes portaient à leur ceinture pour donner le coup de grâce. Elle est d'origine espagnole. Axel, nous sommes sur la voie de la grande découverte!

– Quelqu'un nous a précédés!...

– Oui! un homme. Cet homme a gravé son nom avec ce poignard! Cet homme a voulu encore une fois marquer de sa main la route du centre! Cherchons!

Et nous voilà longeant la haute muraille, interrogeant les moindres fissures qui pouvaient se changer en galerie.

Nous arrivâmes ainsi à un endroit où le rivage se resserrait. La mer venait presque baigner le pied des contreforts, laissant un passage large d'une toise au plus. Entre deux avancées de roc, on apercevait l'entrée d'un tunnel obscur.

Là, sur une plaque de granit, apparaissaient deux lettres mystérieuses à demi rongées, les deux initiales du hardi et fantastique voyageur:

– A.S.! s'écria mon oncle. Arne Saknussemm! Toujours Arne Saknussemm!

CHAPITRE XVI

Depuis le commencement du voyage, j'avais passé par bien des étonnements ; je devais me croire à l'abri des surprises et blasé sur tout émerveillement. Cependant, à la vue de ces deux lettres gravées là depuis trois cents ans, je demeurai dans un ébahissement voisin de la stupidité. Non seulement la signature du savant alchimiste se lisait sur le roc, mais encore le stylet qui l'avait tracée était entre mes mains. À moins d'être d'une insigne mauvaise foi, je ne pouvais plus mettre en doute l'existence du voyageur et la réalité de son voyage.

Pendant que ces réflexions tourbillonnaient dans ma tête, le professeur Lidenbrock se laissait aller à un accès un peu dithyrambique à l'endroit d'Arne Saknussemm.

— Merveilleux génie ! s'écriait-il, tu n'as rien oublié de ce qui pouvait ouvrir à d'autres mortels les routes de l'écorce terrestre ! Que, dès maintenant, ce cap vu par toi près de cette mer découverte par toi, soit à jamais appelé le cap Saknussemm !

Voilà ce que j'entendis, ou à peu près, et je me sentis gagné par l'enthousiasme que respiraient ces paroles. J'oubliai tout, et les dangers du voyage, et les périls du retour.

Je m'élançais déjà vers la sombre galerie, quand le professeur m'arrêta, et lui, l'homme des emportements, il me conseilla la patience et le sang-froid.

– Retournons d'abord vers Hans, dit-il, et ramenons le radeau à cette place.

J'obéis à cet ordre, non sans déplaisir, et je me glissai rapidement au milieu des rochers du rivage.

Nous rejoignîmes le chasseur. Tout était préparé pour un départ immédiat. Pas un colis qui ne fût embarqué. Nous prîmes place sur le radeau, et la voile hissée, Hans se dirigea en suivant la côte vers le cap Saknussemm. Le vent n'était pas favorable. Aussi, en maint endroit, il fallut avancer à l'aide des bâtons ferrés. Enfin, après trois heures de navigation, on atteignait un endroit propice au débarquement.

Je sautai à terre, suivi de mon oncle et de l'Islandais.

– Partons sans perdre un instant, dis-je.

– Oui, mon garçon, mais auparavant, examinons cette nouvelle galerie afin de savoir s'il faut préparer nos échelles.

Mon oncle mit son appareil de Ruhmkorff en activité ; le radeau, attaché au rivage, fut laissé seul ; d'ailleurs, l'ouverture de la galerie n'était pas à vingt pas de là, et notre petite troupe, moi en tête, s'y rendit sans retard.

Le sombre tunnel était taillé dans le roc vif et soigneusement alésé par les matières éruptives auxquelles il donnait autrefois passage.

Nous suivions un plan presque horizontal, quand, au bout de six pas, notre marche fut interrompue par l'interposition d'un bloc énorme.

Nous eûmes beau chercher à droite et à gauche, en bas et en haut, il n'existait aucun passage, aucune bifurcation. Il fallait renoncer à tout espoir de passer.

— Mais alors, Saknussemm? m'écriai-je.

— Oui, fit mon oncle, a-t-il donc été arrêté par cette porte de pierre?

— Non! repris-je avec vivacité. Ce quartier de roc, par suite d'une secousse quelconque, a brusquement fermé ce passage. Voilà un obstacle accidentel que Saknussemm n'a pas rencontré, et si nous ne le renversons pas, nous sommes indignes d'arriver au centre du monde!

Voilà comment je parlais! L'âme du professeur avait passé tout entière en moi. Le génie des découvertes m'inspirait.

— Eh bien! reprit mon oncle. À coups de pioche, à coups de pic, faisons notre route!

— C'est trop dur pour le pic! m'écriai-je.

— Alors la pioche!

— C'est trop long pour la pioche! La poudre! La mine! minons, et faisons sauter l'obstacle!

— Hans, à l'ouvrage! s'écria mon oncle.

L'Islandais retourna au radeau, et revint bientôt avec un pic dont il se servit pour creuser un fourneau de mine. Il s'agissait de creuser un trou assez considérable pour contenir cinquante livres de fulmicoton, dont la puissance expansive est quatre fois supérieure à celle de la poudre à canon.

J'étais dans une prodigieuse surexcitation d'esprit. Pendant que Hans travaillait, j'aidai activement mon oncle à préparer une longue mèche faite avec de la poudre mouillée et renfermée dans un boyau de toile.

À minuit, notre travail de mineurs fut entièrement terminé; la charge de fulmicoton se trouvait enfouie dans le fourneau, et la mèche, se déroulant à travers la galerie, venait aboutir au-dehors. Une étincelle suffisait maintenant pour mettre ce formidable engin en activité.

– À demain, dit le professeur.

Il fallut bien me résigner et attendre encore pendant six grandes heures !

Le lendemain, jeudi, 27 août, à six heures, nous étions sur pied.

Je sollicitai l'honneur de mettre le feu à la mine. Cela fait, je devais rejoindre mes compagnons sur le radeau qui n'avait point été déchargé ; puis nous prendrions du large, afin de parer aux dangers de l'explosion, dont les effets pouvaient ne pas se concentrer à l'intérieur du massif. La mèche devait brûler pendant dix minutes, selon nos calculs, avant de porter le feu à la chambre des poudres. J'avais donc le temps nécessaire pour regagner le radeau.

Après un repas rapide, mon oncle et le chasseur s'embarquèrent, tandis que je restais sur le rivage. J'étais muni d'une lanterne allumée qui devait me servir à mettre le feu à la mèche.

Je me dirigeai vers l'orifice de la galerie. J'ouvris ma lanterne, et je saisis l'extrémité de la mèche.

Je plongeai rapidement dans la flamme la mèche, qui pétilla à son contact, et, tout courant, je revins au rivage.

– Embarque, fit mon oncle, et débordons.

Hans, d'une vigoureuse poussée, nous rejeta en mer. Le radeau s'éloigna d'une vingtaine de toises.

C'était un moment palpitant. Le professeur suivait de l'œil l'aiguille du chronomètre.

Que se passa-t-il alors ? Le bruit de la détonation, je crois que je ne l'entendis pas. Mais la forme des rochers se modifia subitement à mes regards ; ils s'ouvrirent comme un rideau. J'aperçus un insondable abîme qui se creusait en plein rivage. La mer, prise de vertige, ne fut plus qu'une vague énorme, sur le dos de laquelle le radeau s'éleva perpendiculairement.

Nous fûmes renversés tous les trois. En moins d'une seconde, la lumière fit place à la plus profonde obscurité. Puis je sentis l'appui solide manquer, non à mes pieds, mais au radeau. Je crus qu'il coulait à pic. Il n'en était rien. Je compris ce qui venait de se passer.

Au-delà du roc qui venait de sauter, il existait un abîme. L'explosion avait déterminé une sorte de tremblement de terre dans ce sol coupé de fissures, le gouffre s'était ouvert, et la mer, changée en torrent, nous y entraînait avec elle.

Je me sentis perdu.

Une heure, deux heures, que sais-je ? se passèrent ainsi. Nous nous tenions les mains afin de n'être pas précipités hors du radeau. Des chocs d'une extrême violence se produisaient quand il heurtait la muraille. Cependant ces heurts étaient rares, d'où je conclus que la galerie s'élargissait considérablement. C'était, à n'en pas douter, le chemin de Saknussemm ; mais, au lieu de le descendre seuls, nous avions, par notre imprudence, entraîné toute une mer avec nous.

Je fus surpris de voir une lumière briller tout à coup près de moi. La figure calme de Hans s'éclaira.

L'adroit chasseur était parvenu à allumer la lanterne, et, bien que sa flamme vacillât à s'éteindre, elle jeta quelques lueurs dans l'épouvantable obscurité.

La galerie était large. La pente des eaux qui nous emportaient dépassait celle des plus insurmontables rapides de l'Amérique. J'estimai que notre vitesse devait atteindre trente lieues à l'heure.

Mon oncle et moi, nous regardions d'un œil hagard, accotés au tronçon du mât, qui, au moment de la catastrophe, s'était rompu net. Nous tournions le dos à l'air, afin de n'être pas étouffés par la rapidité d'un mouvement que nulle puissance humaine ne pouvait enrayer.

Les heures s'écoulèrent.

En cherchant à mettre un peu d'ordre dans la cargaison, je vis que la plus grande partie des objets embarqués avait disparu. De nos instruments, il ne restait plus que la boussole et le chronomètre. Les échelles et les cordes se réduisaient à un bout de câble enroulé autour du tronçon de mât. Pas une pioche, pas un pic, pas un marteau, et, malheur irréparable, nous n'avions de vivres que pour un jour ! Je fouillai les interstices du radeau, les moindres coins formés par les poutres et la jointure des planches ! Rien ! Nos provisions consistaient uniquement en un morceau de viande sèche et quelques biscuits.

Je ne voulais pas comprendre ! Quand les vivres eussent été suffisants pour des mois, pour des années, comment sortir des abîmes où nous entraînait cet irrésistible torrent ? À quoi bon craindre les tortures de la faim, quand la mort s'offrait déjà sous tant d'autres formes ?

En ce moment, la lumière de la lanterne baissa peu à peu et s'éteignit. La mèche avait brûlé jusqu'au bout. L'obscurité redevint absolue. Alors, comme un enfant, je fermai les yeux pour ne pas voir toute cette obscurité.

La vitesse de notre course redoubla. La pente des eaux devenait excessive. Nous ne glissions plus. Nous tombions. La main de mon oncle et celle de Hans, cramponnées à mes bras, me retenaient avec vigueur.

Tout à coup, après un temps inappréciable, je ressentis comme un choc ; le radeau n'avait pas heurté un corps dur, mais il s'était subitement arrêté dans sa chute. Une trombe d'eau, une immense colonne liquide s'abattit à sa surface. Je fus suffoqué. Je me noyais…

Cette inondation soudaine ne dura pas. En quelques secondes je me retrouvai à l'air libre, que j'aspirai à pleins poumons.

Le premier de mes sens qui fonctionna, après ce dernier assaut, fut le sens de l'ouïe. J'entendis presque aussitôt le silence se faire dans la galerie et succéder à ces mugissements qui, depuis de longues heures, remplissaient mon oreille. Enfin ces paroles de mon oncle m'arrivèrent comme un murmure :

– Nous montons !

J'étendis le bras ; je touchai la muraille ; ma main fut mise en sang. Nous remontions avec une extrême rapidité.

– La torche ! la torche ! s'écria le professeur.

Hans parvint à l'allumer, et la flamme jeta assez de clarté pour éclairer toute la scène.

– C'est bien ce que je pensais, dit mon oncle. Nous sommes dans un puits étroit. L'eau, arrivée au fond du gouffre, reprend son niveau et nous remonte avec elle. Nous montons avec une vitesse que j'évalue à deux toises par seconde, soit cent vingt toises par minute, ou plus de trois lieues et demie à l'heure. De ce train-là, on fait du chemin.

– Oui, si rien ne nous arrête, si ce puits a une issue ! Mais s'il est bouché !

– Axel, répondit le professeur avec un grand calme, la situation est presque désespérée, mais il y a quelques chances de salut, et ce sont celles-là que j'examine. Si à chaque instant nous pouvons périr, à chaque instant aussi nous pouvons être sauvés. Soyons donc en mesure de profiter des moindres circonstances.

– Mais que faire ?

– Réparer nos forces en mangeant. (Le professeur ajouta quelques mots en danois. Hans secoua la tête.) Quoi ! s'écria mon oncle, nos provisions sont perdues ?

– Oui, voilà ce qui reste de vivres : un morceau de viande sèche pour nous trois !

Une heure se passa.

Nous montions toujours avec une extrême rapidité. La chaleur s'accroissait d'une inquiétante façon et devait certainement atteindre en ce moment quarante degrés. Que signifiait un pareil changement ? Je dis au professeur :

– Si nous ne sommes pas noyés ou brisés, si nous ne mourons pas de faim, il nous reste toujours la chance d'être brûlés vifs.

Il se contenta de hausser les épaules.

— Voyons, dit-il, il faut réparer nos forces. Si nous essayons, en ménageant ce reste de nourriture, de prolonger notre existence de quelques heures, nous serons faibles jusqu'à la fin. Qu'une chance de salut se présente, où trouverons-nous la force d'agir, si nous nous laissons affaiblir par l'inanition?

— Eh! mon oncle, ce morceau de viande dévoré, que nous restera-t-il?

— Rien, Axel, rien. Mais te nourrira-t-il davantage à le manger des yeux?

— Ne désespérez-vous donc pas? m'écriai-je avec irritation.

— Non! répliqua fermement le professeur.

— Vous croyez encore à quelque chance de salut?

— Oui! Tant que mon cœur bat, je n'admets pas qu'un être doué de volonté laisse en lui place au désespoir.

Mon oncle prit le morceau de viande et les quelques biscuits échappés au naufrage; il fit trois portions égales et les distribua. Cela donnait environ une livre d'aliments pour chacun. Le professeur mangea avidement, avec une sorte d'emportement fébrile; moi, sans plaisir, malgré ma faim, presque avec dégoût; Hans, tranquillement, modérément, mâchant sans bruit de petites bouchées, les savourant avec le calme d'un homme que les soucis de l'avenir ne pouvaient inquiéter. Il avait retrouvé une gourde de genièvre; il nous l'offrit, et cette bienfaisante liqueur eut le pouvoir de me ranimer un peu.

Cependant la température s'accroissait dans une forte proportion et je me sentais baigné au milieu d'une atmosphère brûlante. Je ne pouvais la comparer qu'à la chaleur renvoyée par les fourneaux d'une fonderie à l'heure des coulées. Peu à peu, nous avions dû quitter nos vestes et nos gilets ; le moindre vêtement devenait une cause de malaise, pour ne pas dire de souffrance.

— Montons-nous donc vers un foyer incandescent ? m'écriai-je, à un moment où la chaleur redoublait.

— Non, répondit mon oncle, c'est impossible !

— Cependant, dis-je en tâtant la paroi, cette muraille est brûlante !

Au moment où je prononçai ces paroles, ma main ayant effleuré l'eau, je dus la retirer au plus vite.

— L'eau est brûlante ! m'écriai-je.

Le professeur ne répondit que par un geste de colère.

Alors une invincible épouvante s'empara de mon cerveau et ne le quitta plus. J'avais le sentiment d'une catastrophe prochaine, et telle que la plus audacieuse imagination n'aurait pu la concevoir. Une idée, d'abord vague, incertaine, se changeait en certitude dans mon esprit. Je la repoussai, mais elle revint avec obstination. Je n'osais la formuler. Cependant, quelques observations involontaires déterminèrent ma conviction. À la lueur douteuse de la torche, je remarquai des mouvements désordonnés dans les couches granitiques ; un phénomène allait évidemment se produire, dans lequel l'électricité jouait un rôle ; puis cette chaleur excessive, cette eau bouillonnante !... Je voulus observer la boussole.

Elle était affolée !

CHAPITRE XVII

Oui, affolée! L'aiguille sautait d'un pôle à l'autre avec de brusques secousses, parcourait tous les points du cadran, et tournait, comme si elle eût été prise de vertige. Les détonations se multipliaient avec une effrayante intensité. C'était un tonnerre continu. L'écorce minérale menaçait de se rompre, les massifs granitiques de se rejoindre, le vide de se remplir, et nous, pauvres atomes, nous allions être écrasés dans cette formidable étreinte.

Nous montions toujours.

Il était évident que nous étions rejetés par une poussée éruptive; sous le radeau, il y avait des eaux bouillonnantes, et sous ces eaux toute une pâte de lave, un agrégat de roches qui, au sommet du cratère, se disperseraient en tous les sens. Nous étions donc dans la cheminée d'un volcan. Pas de doute à cet égard.

Mais cette fois, au lieu du Sneffels, volcan éteint, il s'agissait d'un volcan en pleine activité. Je me demandai quelle pouvait être cette montagne et sur quelle partie du monde nous allions être expulsés.

Vers le matin, le mouvement d'ascension s'accéléra. Une force énorme, produite par les vapeurs accumulées dans le sein de la terre, nous poussait irrésistiblement. Bientôt des reflets fauves pénétrèrent dans la galerie verticale qui s'élargissait; j'apercevais à droite et à gauche des couloirs profonds semblables à d'immenses tunnels d'où s'échappaient des vapeurs épaisses; des langues de flammes en léchaient les parois en pétillant.

La température devenait insoutenable. La sueur m'inondait. Sans la rapidité de l'ascension, nous aurions été certainement étouffés. Il fallait se cramponner aux poutres pour ne pas être rejetés hors du radeau. Nous étions lancés avec une force croissante et comme emportés par un véritable projectile.

Je n'ai conservé aucun souvenir précis de ce qui se passa pendant les heures suivantes. J'ai le sentiment confus de détonations continues. Le radeau ondula sur des flots de lave, au milieu d'une pluie de cendres. Les flammes ronflantes l'enveloppèrent. Une dernière fois, la figure de Hans m'apparut dans un reflet d'incendie, et je n'eus plus d'autre sentiment que cet épouvante sinistre des condamnés attachés à la bouche d'un canon, au moment où le coup part et disperse leurs membres dans les airs.

Quand je rouvris les yeux, je me sentis serré à la ceinture par la main vigoureuse du guide. De l'autre main il soutenait mon oncle. Je n'étais pas blessé grièvement, mais brisé plutôt par une courbature générale. Je me vis couché sur le versant d'une montagne, à deux pas d'un gouffre dans lequel le moindre mouvement m'eût précipité. Hans m'avait sauvé de la mort, pendant que je roulais sur les flancs du cratère.

– Où sommes-nous? demanda mon oncle, qui me parut fort irrité d'être revenu sur terre.

Après les surprises innombrables de ce voyage, une stupéfaction nous était encore réservée. Je m'attendais à voir un cône couvert de neiges éternelles, sous les pâles rayons d'un ciel polaire, et, contrairement à toutes ces prévisions, mon oncle, l'Islandais et moi, nous étions étendus à mi-flanc d'une montagne calcinée par les ardeurs du soleil. Au-dessus de notre tête, à cinq cents pieds au plus, s'ouvrait le cratère d'un volcan par lequel s'échappait, de quart d'heure en quart d'heure, avec une très forte détonation, une haute colonne de flammes, mêlée de pierres ponces, de cendres et de laves. Je sentais les convulsions de la montagne qui respirait à la façon des baleines, et rejetait de temps à autre le feu et l'air par ses énormes évents. Sa base disparaissait dans une véritable corbeille d'arbres verts, parmi lesquels je distinguai des oliviers, des figuiers et des vignes chargées de grappes vermeilles.

Lorsque le regard franchissait cette verdoyante enceinte, il arrivait rapidement à se perdre dans les eaux d'une mer admirable. Au levant se voyait un petit port précédé de quelques maisons, et dans lequel des navires d'une forme particulière se balançaient aux ondulations des flots azurés. Vers le couchant, des côtes éloignées s'arrondissaient à l'horizon ; sur les unes se profilaient des montagnes bleues d'une harmonieuse conformation ; sur les autres, plus lointaines, apparaissait un cône prodigieusement élevé, au sommet duquel s'agitait un panache de fumée. Dans le nord, une immense étendue d'eau étincelait, laissant poindre çà et là l'extrémité d'une mâture ou une voile gonflée au vent.

Mon oncle regardait sans comprendre.

– Quelle que soit cette montagne, dit-il enfin, il y fait un peu chaud ; les explosions ne discontinuent pas, et ce ne serait vraiment pas la peine d'être sortis d'une éruption pour recevoir un morceau de roc sur la tête. Descendons et nous saurons à quoi nous en tenir. D'ailleurs, je meurs de faim et de soif.

Le talus du volcan offrait des pentes très raides ; nous glissions dans de véritables fondrières de cendres, évitant les ruisseaux de lave qui s'allongeaient comme des serpents de feu. Après deux heures de marche, une jolie campagne s'offrit à nos regards, entièrement couverte d'oliviers, de grenadiers et de vignes. Quelle jouissance ce fut de presser ces fruits savoureux sur nos lèvres ! Non loin, dans l'herbe, je découvris une source d'eau fraîche, où notre figure et nos mains se plongèrent voluptueusement. Pendant que chacun s'abandonnait ainsi à toutes les douceurs du repos, un enfant apparut entre deux touffes d'oliviers.

C'était une espèce de petit pauvre, très misérablement vêtu, assez souffreteux, et que notre aspect parut effrayer beaucoup ; en effet, demi-nus, avec nos barbes incultes, nous avions fort mauvaise mine.

Au moment où le gamin allait prendre la fuite, Hans courut après lui et le ramena, malgré ses cris et ses coups de pied. Mon oncle commença par le rassurer de son mieux et lui dit en bon allemand :

– Quel est le nom de cette montagne, mon petit ami ?

L'enfant ne répondit pas. Il refit la même demande en anglais. L'enfant ne répondit pas davantage.

– Est-il donc muet ? s'écria le professeur, qui, très fier de son polyglottisme, recommença la même demande en français.

Même silence de l'enfant.

— Alors essayons de l'italien, reprit mon oncle, et il dit en cette langue : *Dove noi siamo ?*

— *Stromboli*, répondit le petit pâtre, qui s'échappa des mains de Hans et gagna la plaine à travers les oliviers.

Le Stromboli ! Nous étions en pleine Méditerranée. Et ces montagnes bleues qui s'arrondissaient au levant, c'étaient les montagnes de la Calabre ! Et ce volcan dressé à l'horizon du sud, l'Etna, le farouche Etna lui-même. Ah ! quel voyage ! Quel merveilleux voyage ! Entrés par un volcan, nous étions sortis par un autre, et cet autre était situé à plus de douze cents lieues du Sneffels ! Nous avions abandonné la région des neiges éternelles pour celle de la verdure infinie, et laissé au-dessus de nos têtes le brouillard grisâtre des zones glacées pour revenir au ciel azuré de la Sicile !

Après un délicieux repas composé de fruits et d'eau fraîche, nous nous remîmes en route pour gagner le port de Stromboli. Dire comment nous étions arrivés dans l'île ne nous parut pas prudent ; l'esprit superstitieux des Italiens n'eût pas manqué de voir en nous des démons vomis du sein des Enfers ; il fallut donc se résigner à passer pour d'humbles naufragés. C'était moins glorieux, mais plus sûr.

Une heure après avoir quitté le bois d'oliviers, nous arrivions au port de San Vincenzo, où Hans réclamait le prix de sa treizième semaine de service, qui lui fut compté avec de chaleureuses poignées de main. En cet instant, s'il ne partagea pas notre émotion bien naturelle, il se laissa aller du moins à un mouvement d'expansion extraordinaire.

Du bout de ses doigts il pressa légèrement nos deux mains et se mit à sourire.

Voici la conclusion d'un récit auquel refuseront d'ajouter foi les gens les plus habitués à ne s'étonner de rien, Mais je suis cuirassé d'avance contre l'incrédulité humaine.

Nous fûmes reçus par les pêcheurs stromboliotes avec les égards dus à des naufragés. Ils nous donnèrent des vêtements et des vivres. Après quarante-huit heures d'attente, le 31 août, un petit *speronare* nous conduisit à Messine, où quelques jours de repos nous remirent de toutes nos fatigues.

Le vendredi 4 septembre, nous nous embarquions à bord du *Volturne*, l'un des paquebots-postes des Messageries impériales de France, et, trois jours plus tard, nous prenions terre à Marseille, n'ayant plus qu'une seule préoccupation dans l'esprit, celle de notre maudite boussole. Le 9 septembre au soir, nous arrivions à Hambourg.

Quelle fut la stupéfaction de Marthe, quelle fut la joie de Graüben, je renonce à le décrire.

– Maintenant que tu es un héros, me dit ma chère fiancée, tu n'auras plus besoin de me quitter, Axel!

Je la regardai. Elle pleurait en souriant.

Je laisse à penser si le retour du professeur Lidenbrock fit sensation à Hambourg. Grâce aux indiscrétions de Marthe, la nouvelle de son départ pour le centre de la terre s'était répandue dans le monde entier. On ne voulut pas y croire, et, en le revoyant, on n'y crut pas davantage. Cependant, la présence de

Hans, et diverses informations venues d'Islande modi-
fièrent peu à peu l'opinion publique. Alors mon oncle
devint un grand homme, et moi, le neveu d'un grand
homme, ce qui est déjà quelque chose.

Tant d'honneur devait nécessairement lui susciter
des envieux. Il en eut, et, comme ses théories,
appuyées sur des faits certains, contredisaient les sys-
tèmes de la science sur la question du feu central, il
soutint par la plume et par la parole de remarquables
discussions avec les savants de tous pays.

Au moment où ces questions étaient palpitantes,
mon oncle éprouva un vrai chagrin. Hans, malgré ses
instances, avait quitté Hambourg; l'homme auquel
nous devions tout ne voulut pas nous laisser lui payer
notre dette. Il fut pris de la nostalgie de l'Islande. Il
partit pour Reykjavik, où il arriva heureusement. Son
absence ne le fera jamais oublier de ceux auxquels il a
sauvé la vie, et certainement je ne mourrai pas sans
l'avoir revu une dernière fois.

Pour conclure, je dois ajouter que ce *Voyage au centre de la Terre* fit une énorme sensation dans le monde.
Il fut imprimé et traduit dans toutes les langues; les
journaux les plus accrédités s'en arrachèrent les prin-
cipaux épisodes, qui furent commentés, discutés, atta-
qués, soutenus avec une égale conviction dans le camp
des croyants et des incrédules. Chose rare! mon oncle
jouissait de son vivant de toute la gloire qu'il avait
acquise. Mais un tourment se glissait au milieu de
cette gloire. Un fait demeurait inexplicable, celui de la
boussole; or, pour un savant, pareil phénomène inex-
pliqué devient un supplice de l'intelligence.

Un jour, en rangeant une collection de minéraux dans son cabinet, j'aperçus cette fameuse boussole et je me mis à l'observer.

Je poussai un cri. Le professeur accourut.

– Qu'est-ce donc? demanda-t-il.

– Cette boussole!... Mais son aiguille indique le sud et non le nord! Voyez! ses pôles sont changés.

Mon oncle regarda, compara, et fit trembler la maison par un bond superbe.

Quelle lumière éclairait à la fois son esprit et le mien!

– Ainsi donc, s'écria-t-il, après notre arrivée au cap Saknussemm, l'aiguille de cette damnée boussole marquait le sud au lieu du nord?

– Évidemment.

– Notre erreur s'explique alors. Mais quel phénomène a pu produire ce renversement des pôles?

– Rien de plus simple.

– Explique-toi, mon garçon.

– Pendant l'orage, sur la mer Lidenbrock, cette boule de feu, qui aimantait le fer du radeau, avait tout simplement désorienté notre boussole!

– Ah! s'écria le professeur en éclatant de rire, c'était donc un tour de l'électricité!

À partir de ce jour, mon oncle fut le plus heureux des savants, et moi le plus heureux des hommes, car ma jolie Virlandaise, abdiquant sa position de pupille, prit rang dans la maison de Königstrasse en la double qualité de nièce et d'épouse.

TABLE

Jules Verne, né en 1828, mourut en 1905. Il fit des études de droit, mais se passionna surtout pour les découvertes scientifiques et les voyages. Ses premiers écrits furent des pièces ; toutefois, son rêve était de créer le «roman de la science», genre qu'il inventa en effet avec *Cinq semaines en ballon* (1863) ; *De la Terre à la Lune* (1865) ; *Les Enfants du capitaine Grant* (1867-1868) ; *Vingt mille lieues sous les mers* (1870) ; *Le Tour du monde en quatre-vingts jours* (1873) ; *L'Île mystérieuse*, etc. Jules Verne est l'écrivain français le plus traduit dans le monde.

Édouard Riou, peintre et illustrateur français, né à Saint-Servan (Ille-et-Vilaine) en 1833, est mort à Paris en 1900. Élève de Daubigny et de Gustave Doré, Riou a été surtout un fécond illustrateur. Innombrables sont les dessins qu'a multipliés son crayon pour *Le Tour du Monde*, *L'Illustration*, *Le Monde illustré*, ainsi que pour de nombreux romans de Jules Verne, d'Erckmann-Chatrian, pour les ouvrages scientifiques de Louis Figuier, et encore pour les voyages ou explorations de Brazza, de Stanley, de Gallieni, etc.